„Travemünde Komplott"
Aus dem Inhalt:

August-2015. Im Seebad Travemünde ereignen sich kurz nacheinander seltsame Todesfälle, welche aber in der Öffentlichkeit nur wenig Beachtung finden, da sie nicht als Bedrohung wahrgenommen werden. Die erotische Oberkommissarin (POK) Stina Wallison, von der Travemünder Wasserschutzpolizei, übernimmt, zusammen mit Volker Vanderstetten, dem neuen Leiter des Lübecker MD.1, die Fälle. Die Ermittlungen werden jedoch von „ganz oben" torpediert und alle Beteiligten schweben in höchster Gefahr.

Impressum:
Autor: **Guido Bleil**

Herausgeber: **Guido Bleil**

1.Auflage: **Juli-2015**

Herstellung und Verlag:
BoD-Books on Demand, Norderstedt

ISBN: 9-783738-617078
© 2015 – Guido Bleil

Bereits erschienene Romane des Autors:

Der Passatmörder (2010)
- ISBN 9-783839-183946 ➔ Paperbook
- ISBN 9-783842-398474 ➔ e-Book

Engel von Travemünde (2011)
- ISBN 9-783842-351004 ➔ Paperbook
- ISBN 9-783844-859072 ➔ e-Book

Trave-Nebel (2012)
- ISBN 9-783848-212927 ➔ Paperbook
- ISBN 9-783844-839487 ➔ e-Book

Trave-Kristalle (2013)
- ISBN 9-783732-234189 ➔ Paperbook
- ISBN 9-783732-218141 ➔ e-Book

Leben heißt nicht nur Atmen.

Liebe **Käufer** und **Leser**,

dies ist der Fünfte abgeschlossene Fall rund um die Polizeioberkommissarin Stina Wallison und dem mysteriösen Jörg Illmer. Tauchen sie gerne wieder mit ein, in die Welt rund um das schöne Ostseeheilbad Travemünde.

Im Übrigen gilt mein Dank ausschließlich Ihnen, denn Sie geben mir die Kraft und den Anreiz weiter zu schreiben.

So mancher Roman kann allerdings, aufgrund von realen Begebenheiten, dazu verleiten, der Story Glauben zu schenken. Aber bitte, auch wenn viele Fakten zutreffen, die Handlungen und die Personen sind **alle frei erfunden.** ☺

Viele beschriebene Ortsangaben werden Sie auch in der Realität wiederfinden. Nehmen Sie die Angaben nicht als Navigationshilfe. Sollten Sie sich aufgrund der örtlichen Beschreibungen verlaufen, so **übernehme ich als Autor dafür keine Haftung. Es ist nur ein Roman** ☺

Für etwaige, eingeschlichene Fehler, bitte ich um gütige Nachsicht. Sollten sie in der Interpretation liegen, so bin ausschließlich ich dafür verantwortlich.

Guido Bleil / Juli-2015

Danksagung

Meine Bücher werden zwar von mir verfasst, aber in der Regel gibt es viele kleine und große Helfer, die zum Ganzen beitragen – wissentlich, so wie auch unwissentlich. Das Leben schreibt die besten Geschichten und somit bedanke ich mich an dieser Stelle bei allen, die mir wieder Informationen und Steilvorlagen geliefert haben, welche zum Teil in dieses Buch geflossen sind. Natürlich sind die Anregungen so verpackt, dass hiermit niemand öffentlich an den Pranger gestellt wird. Sollte sich dennoch jemand (wieder) „ertappt" fühlen.., nun gut, herzlichen Glückwunsch ! Sie fielen temporär irgendwie aus dem „grauen" Raster der „unscheinbaren" Masse. Freuen Sie sich.

Weiter gilt mein spezieller Dank an:

den Mediengestalter **Jan Ole Bleil**, Hannover,
dem Kommissar **Detlef Schubert**, Bremen.
Für die Feinheiten besonderen Dank: **Klaus Both**, Cuxhaven
Für mathematische Feinheiten: **Hardy Wallburg**, Gifhorn.
Für die Covermotivation **Gebhard Müller**, Bremen.

Prolog

Westlich der Trave und rund zwanzig Kilometer vom Stadtzentrum Lübeck entfernt, liegt der Stadtteil Travemünde, welcher durch den Welterfolg des Thomas Mann Roman ‚Buddenbrooks', zu überregionaler Bekanntheit gelangte. Direkt an der Lübecker Bucht gelegen und zusammen mit der Halbinsel Priwall, schwärmen nicht nur die knapp 13.500 Einwohner vom ‚schönsten' Teil Lübecks. Die Geschichte der „Schönen" reicht bis ins zwölfte Jahrhundert zurück.

Nicht nur zahlreiche Prominente haben diesen Ort für sich entdeckt, sondern hunderttausende von Besuchern steuern diesen Ort gezielt an, um sich am und im Wasser zu erfreuen, in den zahlreichen Cafes und Restaurants zu verweilen, die Seele baumeln lassen oder gefühlt, den Kapitänen der großen Fähren die Hand zu reichen. So nah kommt man nirgendwo den schwimmenden Riesen.

Auch wenn politisch hier eine Menge im Argen liegt, ist dieses ein Fleckchen, an dem sich wunderbar leben lässt.

Meistens zumindest...

001

Travemünde, Schleswig-Holstein
Di-11.August-2015

Die heißen Nachmittagstemperaturen im Landesinneren kühlte die Ostsee auf angenehme zweiundzwanzig Grad ab, sodass die Menschen sich durchweg wohlfühlten und entspannt ihrer Arbeit oder ihren zahlreichen Freizeitaktivitäten nachgingen.

Eine friedvolle Atmosphäre, gemischt mit der typisch leicht würzigen Luft der Ostsee. Buntes Treiben und erquickendes Kinderlachen erfüllte die Strandpromenade. Aus den Lautsprechern der gut besuchten Ostseelounge erklang gedämpft ‚Gate 24' von Julius Vincent.

Eine Gruppe Frauen in den Vierzigern hatte hörbar Spaß und die vielen Desperado Bierflaschen ließen darauf schließen, dass sie sich schon eine Weile hier aufhielten. Zwei, drei Männer blickten erst verstohlen zu der Gruppe und versuchten dann ihre Aufmerksamkeit zu erhaschen, aber die Frauen kümmerten sich nicht darum, sodass sie ihre Bemühungen bald einstellten. Die freundliche Servicekraft hatte derweil alle Hände voll zu tun, die Gäste mit kühlen Getränken zu versorgen, welche sich chillend auf den roten Polstern räkelten.

Ein entspannter Ort voller positivem Karma, wenn man nicht ein genaues Auge auf den unscheinbaren jungen Mann im äußeren Strandkorb warf.

Seine lässig, sportive Kleidung strafte ihn Lügen. Er saß mit dem Oberkörper etwas zu steif in dem rotweiß gestreiften Strandkorb, wobei seine geweiteten Pupillen ruhelos hin und her wanderten. Das vor ihm stehende Bier hatte er noch nicht angerührt. Ein aufmerksamer Beobachter hätte festgestellt, dass er, obwohl im Schatten, bei diesen moderaten Temperaturen sehr stark schwitzte. Seine Hände versteckte er unter seinen Oberschenkeln, nicht nur um sie ruhig zu halten. Er wollte seinen Verband am rechten Handgelenk verbergen, welcher ein wenig unter dem langärmeligen blauen Polo hervorlugte. Seine Beine zuckten zuweilen und manchmal entglitten ihm seine Gesichtszüge für einen Augenblick. Kein Zweifel, dieser Mann hatte Angst.

Todesangst.

002

Der neue Polizeihauptkommissar Volker Vanderstetten, vom Lübecker Morddezernat MD.1, hatte zum kleinen Umtrunk, wie er es nannte, in den Garten des aRosa Hotels geladen. Beinahe dreißig Kollegen und Freunde waren der Einladung gefolgt. Die örtliche Presse war mit dem Travemünde Aktuell Fotografen Karl E. Vögele vertreten, welcher ein kurzes Interview führte, einige Bilder schoss und sich zu einem nächsten Termin verabschiedete. Nach zweijähriger Vakanz dieser Stelle wurde sie mit dem zweiundfünfzigjährigen Vanderstetten, welcher aus Leipzig kam, neu besetzt. Niemand wollte vorher diesen Posten übernehmen, da scheinbar ein Fluch hierauf lag.

Zwischen 2010 und 2013 kamen die jeweiligen PHK, durch jeweils äußere Gewalteinwirkung ums Leben. Insgesamt vier. Kein Wunder, dass sich niemand um diese Stelle bewarb. Einzig den rigorosen Vanderstetten kümmerte es nicht. „Es ist alles eine Frage der Präsenz," pflegte er zu sagen „und ich bin kampferprobt mit Kriminellen sowie auch mit politischen Kräften" betonte er immer gerne wieder voller Stolz und verwies auch gerne auf seine holländischen, seefahrenden Vorfahren. Wer ihn näher kannte, wusste um seine ehrgeizigen Pläne. Er wollte noch hoch hinaus und zwei, drei erfolgreiche Jahre in der neuen Position, würden eine deutliche Empfehlung darstellen. Insgeheim beneidete er die spektakulären Fälle, welche sich hier in den letzten fünf Jahren ereignet hatten. Er gierte förmlich nach einen sensationellen Fall, den er natürlich erfolgreich abschließen würde.

Gerade wurde ihm eine atemberaubend, schöne Kollegin vorgestellt. Er hatte schon viel von ihr gehört und sich im Internet vorab ein Bild gemacht, wie von allen seinen Kollegen, aber die Realität raubte ihm beinahe seinen Atem.

Ohne Arroganz und mit einer lässigen Geste begrüßte ihn Polizeioberkommissarin Stina Wallison von der Travemünder Wasserschutzpolizei. Ihre dunkelbraunen Augen ruhten forschend, aber ausdruckslos, auf seinem Gesicht. Zu seinem Ärger musste er sich eingestehen, dass er in ihren Augen kein Auflodern einer Begehrlichkeit entdecken konnte. Mit seinem guten Aussehen und seiner körperlichen Präsenz, hatte er bis jetzt noch jede Frau beeindruckt und bei Bedarf auch für sich eingenommen.

„Wir werden das noch sehen" beruhigte er vorerst sein, manchmal unkontrollierbares Temperament. Heute wollte er vor allem diese kleine Feier genießen. Da sollte ihm nichts die gute Laune verderben. Morgen begann seine neue Dienstzeit.

003

Zwei verdächtig erscheinende Personen am Zugang der Beachlounge, ließen den bereits übernervösen Mann in nackte Panik ausbrechen. Er sprang aus den Strandkorb, warf dabei die noch immer volle Bierflasche um und rannte, natürlich ohne zu bezahlen, in Richtung Brügmanngarten. Er wusste nicht, ob die beiden verdächtigen Personen ihn verfolgten, aber vor ihm auf der Promenade nahm er zwei weitere Verdächtige war. Instinktiv bog er sofort nach links ab zum Maritim Hotel. Hinter der Strandzugangstür des Hotels, nahm er wieder etwas Verdächtiges wahr und somit war er gezwungen, nochmals seine Fluchtrichtung zu korrigieren. Er hetzte seitlich am Hotel vorbei. Von vorne sah er wieder zwei verdächtige Personen auf sich zukommen.

Sie hatten ihn in die Zange genommen. Dieser Ort war auch zu klein, um sich unsichtbar zu machen. Ihm war klar, dass es keinen Platz mehr auf dieser Erde gab, an dem er sich in Sicherheit wiegen konnte. So oder so. Sicherheit gab es für ihn nicht mehr. Dafür waren seine Häscher zu mächtig und zu gierig.

Seine Nerven lagen blank. Er wusste, dass er zuviel gesehen hatte. Sie würden ihn nicht am Leben lassen.

Es gab keinen Ausweg mehr.

Oder doch?

004

Nachdem ich innerhalb von vier Stunden zum dritten Mal eintausendfünfhundert Meter gekrault hatte, beschloss ich, mich ein letztes Mal auf einer der Liegen am Pool, von der angenehmen Sonne trocknen zu lassen.

Segeln war an diesem windstillen Tag nicht drin gewesen und Stina musste noch auf einen Empfang hier im aRosa verweilen, sodass ich genug Zeit hatte, ein wenig für meine Grundfitness zu tun. Das war wahrlich nicht die schlechteste Variante. Empfänge und bangloser Smalltalk begeisterten mich in der Regel nicht. Wohlig genoss ich stattdessen die warmen Sonnenstrahlen auf meiner sonnengebräunten Haut. Erst in zwei Stunden wollten Stina und ich im Lieblingsplatz an der Strandpromenade den Abend lecker verbringen. Ein letztes Mal für heute trug ich Sonnencreme, mit dem Lichtschutzfaktor 20 auf. Die Haut sog die Flüssigkeit gierig auf.

„Namaste York" begrüßte mich Timo, der Sporttrainer und Yogalehrer des aRosa Fitnessclub. „Bist Du gar nicht auf der Bucht am Segeln?"

„Wo kein Wind, da auch kein Segelboot" entgegnete ich „und die ‚o.li' braucht auch einmal einen Kurzurlaub. Ab Donnerstag soll es aber wieder richtig windig werden, dann werfe ich die Leinen los."

„Heute, dass wäre mein Wetter. Schön an Deck chillen und irgendwo ankern. Das müssen wir mal wieder unbedingt machen. Du denkst an mich, ja? Ich habe jetzt noch ein Personaltraining. Namaste."

„Okay, ich habe Dich auf dem Zettel" entgegnete ich „Du musst mir dann nur Deine freien Tage mitteilen. Ciao." Mit meinen Fingern kramte ich meine Ohrhörer aus der Tasche, stöpselte sie ein und startete den mp3 Player. Sogleich sperrte ich sämtliche Poolgeräusche aus und hörte ‚*Hey now*' von London Grammar. Die klare Stimme der Sängerin genießend, schloss ich die Augen und döste in Gedanken verloren vor mich hin.

Was für ein schöner Tag.

005

Kurz vor dem vermeintlichen Zugriff, entdeckte der fliehende Mann, einen Hauseingang im Maritim. Schnell huschte er hinein, an der unbesetzten Pförtnerloge vorbei und weiter den Gang hinauf. Am Ende konnte er nur nach rechts abbiegen. Er erschrak, im doppelten Sinne. Zum einen ertönte ein Ping und zum anderen war es eine Sackgasse.

Der Mann verfluchte sich. Jetzt hatte er verspielt. Es musste eben so kommen. Ihnen entkam man nicht. Kurz spielte er mit dem Gedanken, sich sein Messer an die Kehle zu setzen, damit sie ihn nicht lebend erwischen würden, da öffnete sich eine Fahrstuhltür. Angespannt blickte er in die Kabine hinein. Niemand stand darin. Er erkannte sofort, dass dies seine letzte Chance war. Er sprang hinein und drückte auf den Startknopf. Sofort setzte sich der Lift in Bewegung. Nach über einer halben Minute ruckte es kurz und die Tür glitt auf.

Gedämpftes Licht empfing ihn. Eine Mikrofonstimme drang an sein Ohr: „...dort, auf dem Priwall aufgenommenen Foto, können sie sehr gut erkennen, das hier..." Gehetzt und wie in Trance durchquerte er den Raum, um einen Fluchtweg zu finden. Dabei stieß er gegen einen Geschirrwagen, von dem mehrere Gläser und Teller, laut scheppernd zu Boden fielen. Der Sprecher mit dem Mikrofon hielt irritiert inne und schaute ihn fragend an.

Der Mann löste sich aus seiner Erstarrung und stürmte wieder in Richtung Fahrstuhl. Rolf Fechner zuckte mit den Schultern und wandte sich wieder seinen zahlreichen Zuhörern zu. „Diese Luftaufnahme gibt einen..." nahm der flüchtende Mann noch auf, als er auf der Höhe des Lifts, wieder ein Ping vernahm.

Es gab kein Entrinnen! Schlagartig wurde ihm das klar. Sie waren zu mächtig. Das Projekt zu groß, als dass man ihn am

Leben ließe. Ein Niemand in diesem Spiel. Nur eine kleine, unbedeutende und ersetzbare Figur in diesem ehrgeizigen Projekt, einiger weniger Menschen. Er rannte mit Riesenschritten auf die gläserne Außentür zu, welche nur angelehnt war. Mit einem kräftigen Stoß drückte er sie auf und sah sich einem Mann in einer roten Jacke gegenüber. Nur fünf Meter entfernt.

Freundlich blickte dieser ihm durch seine Brille entgegen, doch hiervon ließ sich der Flüchtende nicht täuschen. Wie viele Menschen waren ihm im Laufe seines erst fünfundzwanzigjährigem Lebens begegnet, welche sich ihm erst mit einer freundlichen Maske näherten und später ihr wahres Antlitz offenbarten. Das Antlitz des Teufels.

Er wurde innerlich ganz ruhig. Sein Zittern hatte er abgelegt. Mit einem Grinsen im Gesicht zeigte er dem Typen in der roten Jacke den Mittelfinger, zog sich an der Absperrung hoch und sprang, ehe der andere reagieren konnte, stumm mit dem Kopf voran.

Wie ein Bungeespringer, nur ohne Seil. Aus Einhundertfünfzehn Metern Höhe!

Lautlos segelte der Körper durch die Luft und beschleunigte mühelos auf weit über 150km/h. Nur das Windgeräusch nahm der Springer wahr. „Was für ein befreiender und friedlicher Moment" schwirrte ihm durch den Kopf. Sein Blick fiel auf die grünlich schimmernde Lübecker Bucht, wo sich zum Rand hin, der goldgelbe Sandstrand kontrastreich absetzte. Kleine Punkte bewegten sich auf dem Strand und am Ufer, wie zahlreiche bunte Ameisen. Inmitten der Bucht dümpelten zahlreiche Boote vor Anker. Eine Fähre der TT-Line nahm Kurs auf Travemünde. „Traumhaft schön" signalisierten ihm seine Rezeptoren. Was hatte er im Sommer noch alles für tolle Pläne gehabt. Reisen in ferne Länder, fremde Kulturen kennenlernen, die eine "richtige" Freundin finden und eine Familie gründen, Mutter unterstützen...

Er erschrak! Nein, das wollte er nicht. Jetzt konnte er ihr nicht mehr helfen. Nicht einmal erklären konnte er ihr es mehr. Tausende Gedankenfetzen blitzten in Sekundenbruchteilen durch sein Gehirn.

Auf einmal wollte er, dass dieses hier keine Realität war. Nur ein böser Albtraum. Gnadenlos raste die Erdoberfläche auf ihn zu.

Sein letzter Gedanke war „Mutter verzeihe mir".

Nach cirka fünf Sekunden schlug sein Körper dumpf auf dem Dach des Vorbaues des Maritim Hotel auf. Sämtliche Körperfunktionen waren sofort erloschen.

006

Der Gastgeber dieses kleinen gesellschaftlichen Ereignisses, in diesem Fall PHK Vanderstetten, stellte sichtlich zufrieden fest, dass alle wichtigen Personen seiner Einladung gefolgt waren. Was für einen Einstand. Es sollte später niemand sagen, er hätte sich Lumpen lassen. Seilschaften, Netzwerk, dass war das A und O, wenn man in seiner Branche vorwärts kommen wollte, natürlich neben einer guten Aufklärungsquote. Die Steaks, die Scampis und auch der Champagner waren nur, wenn auch teures, schmückendes Beiwerk.

Gerade machte sich Vanderstetten auf den Weg zum Polizeipräsidenten, da kam Unruhe in die Gesellschaft der Gartenparty auf. Erst klingelten nur vereinzelte Handys und die Besitzer telefonierten mit angespannter Miene, dann steigerte sich das Klingeln in ein orchestrales Sommergewitter.

Unwirsch blickte sich Vanderstetten unter seinen Gästen um. Bald zwei Drittel seiner Besucher hatten ihr Handy am Ohr.

Da musste etwas im Gange sein. Dumm für den PHK war nur, dass er seinen Dienst erst morgen aufnahm und somit auch noch nicht in einer Telefonkette berücksichtigt wurde.

Ehe er in Erfahrung bringen konnte, was sich denn da ereignet hatte, verabschiedeten sich die ersten Besucher mit einem kurzen „Sorry, ist dienstlich" und verschwanden aus seinem Blickfeld.

Endlich bekam er doch noch einen Kommissar, Detlef Schlumpberger, aus seinem Dezernat zu fassen. Dieser teilte ihm mit, dass wohl gerade eine Person vom Maritim Hoteldach gesprungen sei, mit wahrscheinlicher Todesfolge. Sie mussten natürlich den Ort auf Spuren absuchen. „Ob er denn vielleicht mit möchte" fragte ihn der Kommissar.

Suizid!

PHK Vanderstetten schäumte innerlich. Wegen eines Suizids platze seine Einstandsparty. „Hätte der nicht zwei Stunden später springen können?" schoss es durch seinen Kopf. Alles hatte er so gut geplant und es lief wie am Schnürchen. Bis jetzt. Seine Halsschlagader schwoll leicht an. Das exzellente und teure Essen, alles für die Katz. Es setzte ihm einen Stich in der Magengegend.

„Wenn es doch wenigstens ein spektakulärer Raubmord oder dergleichen gewesen wäre, aber bloß ein Suizid? Damit konnte er seine Karriereplanung nicht voranbringen" seufzte Vanderstetten innerlich und sagte laut: „Ich glaube das schaffen die Kollegen alleine. Ich kümmere mich um die paar verbliebenen Gäste."

So hatte sich der neue Hauptkommissar seinen Einstand nicht vorgestellt.

007

„So kann es kommen. Da sehen wir uns ja schneller wieder, als sich Hans einen Kaffee kochen kann" frotzelte der sechsundzwanzigjährige Polizeimeister Malte Scheel, als er seine Kollegen Stina und Hans in der 35.Etage des Maritim Hotel begrüßte. Malte hatte freiwillig den Spätdienst übernommen, weil er sich aus Empfängen nichts machte. Hans war ganz heiß darauf gewesen und für Stina lediglich eine Pflichtveranstaltung. Der Notruf wurde direkt an die WaschPo Zentrale von Travemünde gerichtet. Somit war Malte einer der Ersten am tragischen Ort des Geschehens.

„Abgesehen vom leckeren Buffet hast Du nichts verpasst. Hast Du schon nähere Informationen für uns?" hakte Stina gleich ein.

„Auf den ersten Blick scheint es ein Suizid zu sein."

„Auf den ersten Blick?"

„Naja, nach übereinstimmenden Aussagen diverser Zeugen, sah der Springer gehetzt aus. Vielleicht wurde er verfolgt, aber niemand hat einen Verfolger bemerkt. Möglich sind natürlich auch Drogeneinfluss oder Wahnvorstellungen. Da wird uns die Rechtsmedizin sicher mehr sagen können."

„Hast Du die Personalien der Zeugen schon notiert?"

„Klar Chefin, da bin ich doch immer gewissenhaft." Stinas Augen blitzten kurz auf. Malte grinste und wusste, dass Stina ungern auf ihren höheren Dienstgrad hingewiesen wurde. Sie liebte es, in einem funktionierenden, gleichberechtigten Team zu arbeiten. Für sie zählten weder Alter, Geschlecht, Herkunft oder Dienstgrad. Die Chemie und der Einsatz mussten stimmen. „Vielleicht unterhältst Du Dich einmal mit Karl Vögele von der TA, der hat den Notruf abgesetzt und stand wohl unmittelbar im Geschehen. Er sitzt dort am kleinen Tisch und ist noch ganz fertig."

„Danke" sagte Stina und steuerte auf den Mann in der roten Jacke zu. „Hallo Karl, es tut mir leid, was Du mit ansehen musstest. Fühlst Du Dich schon in der Lage, mir einige Details zu berichten?"

„Was soll ich Dir sagen? Es ging alles so schnell." Karl flüsterte beinahe. Er nahm seinen dunklen Elbsegler vom Kopf und tupfte seine Stirn mit einem Stofftaschentuch trocken, dann nahm er mit zittriger Hand seine Kaffeetasse an die Lippen und schaffte es, ohne zu kleckern, zwei Schlucke zu nehmen. Anschließend nahm er das bisher unberührte Cognacglas in die rechte Hand und trank den Inhalt in einem Rutsch aus. „Den brauchte ich dringend." Karl schüttelte sich.

Mit einem einfühlsamen Blick nickte die Kommissarin ihm ermunternd zu. Karl räusperte sich. „Gleich nach den Fotos auf dem aRosa Empfang bin ich hier rauf. Ich wollte ein paar Fotos schießen über Rolf, also Rolf Fechners Diavortrag ‚Spaziergang durch das alte Travemünde'. Du weißt schon, die Bilderauswahl von 1880 bis 1960. Sehr schön übrigens. Ähem.., also ich war damit schon fertig, da kam mir in den Sinn, bei dem herrlichen Wetter ein paar Impressionen vom Dach aus zu fertigen. Die Tür nach draußen stand eh schon auf. Ich bin dann raus und habe mein Stativ aufgebaut. Gerade hatte ich die Leica Kamera montiert, da knallte die Außentür auf und ein junger Mann starrte mich an. Ehe ich etwas sagen konnte, zeigte er mir seinen Mittelfinger. Sein Gesicht verzerrte sich zu einer Art Fratze und schon schwang er sich auf und über die Absperrung." Karl machte eine kurze Pause. „Stina, das ging so schnell. Ich konnte ihn nicht daran hindern. Dies werde ich mein Leben lang nicht vergessen. Diese aufgerissenen Augen. Dieser stumme Vorwurf."

„Karl, Du konntest da gar nichts machen. Mache Dich hierdurch nicht verrückt. Das bringt nichts. Du solltest Dir vielleicht ein Medikament zur Beruhigung von deinem Arzt verschreiben lassen oder besser, ich sage dem Notfallarzt gleich Bescheid, dass er Dir etwas mitgibt. Bitte komme doch morgen Vormittag kurz auf das Revier und dann nehmen wir Deine Aussage noch einmal offiziell zu Protokoll." POK Stina Wallison nahm Karl kurz in den Arm und verabschiedete sich.

Am Fahrstuhl traf sie noch auf ihren Lübecker Kollegen Schlumpberger in Begleitung eines Rettungssanitäter. „Detlef, lasse uns morgen telefonieren und schauen was die Pathologie dazu beisteuern kann. Hier können wir im Moment nicht mehr viel tun und es ist schon spät. Ich habe noch eine Verabredung, die schon zu lange auf mich wartet." Wallison war bereits in den Fahrstuhl getreten. Sie wandte sich noch an den Sanitäter. „Ach ja, bitte kümmern Sie sich noch um den Herrn in der roten Jacke, der braucht sicher noch etwas zur Beruhigung. Danke und einen schönen Abend noch."

008

Mit einem kühlen Störtebeker alkoholfreien Bier und einem guten Grüner Veltliner saß ich nun im gemütlichen Bastsessel vor dem Hotel und Restaurant ‚Lieblingsplatz' an der Strandpromenade. Hier verbrachte ich gerne einen lauen Sommerabend. Bis auf den fehlenden Sonnenuntergang fehlte es hier an nichts. Die Speisen und Getränke kamen meinen Neigungen entgegen und wurden durchweg von freundlichen Servicekräften serviert. Oft mit einem leckeren Rotwein und einem guten Buch ausgestattet, konnte ich hier alleine in netter Atmosphäre chillen oder mit guten Freunden den Tag ausklingen lassen. Der Blick von hier auf die weite Lübecker Bucht, mit ihren zahlreichen Segelbooten und den großen Fähren, ließ mich jedes Mal aufs Neue ins Träumen geraten. Auf der Promenade herrschte in der Regel ein buntes entspanntes Treiben, sodass das Auge ein ums andere Mal an besonders attraktiven Menschen, missglückten Modekombinationen oder skurrilen Typen hängen blieb.

Der gute Weißwein drohte warm zu werden. Eigentlich wollte mein XO Claus schon hier sein. Stina hatte mich vor einer Stunde per WhatsApp informiert, dass sie sich aufgrund eines unvorhergesehenen Einsatzes verspätet. Der XO kam schon einen Tag früher nach Travemünde und so hatte ich mich mit ihm hier verabredet. So konnten wir vielleicht schon einmal die geplanten Werftarbeiten an der ‚O.li' für den kommenden Winter besprechen. Das Freibord sollte eine neue Lackierung erhalten und über einen neuen größeren Kartenplotter sinnierten wir schon länger. Als puren Luxus wünschte sich Stina eine Cappuccino Maschine mit einem Mahlwerk für frische Bohnen. Wir hatten das nicht als unnütz abgetan, da unser Cappuccino Konsum einerseits enorm hoch war und andererseits ein Cappuccino nicht gleich ein Cappuccino ist.

„Hi York, es ist leider etwas später geworden, aber die A1 war wieder dermaßen stark frequentiert und die zwei Baustellen haben den Verkehr auch nicht beschleunigt. Oh, ist der Weißwein für mich?" Ohne meine Antwort abzuwarten schnappte sich Claus das Glas und schlürfte genüsslich zwei, drei Schlucke und schmatzte mit den Lippen. „Danke! Das tut aber gut, auch wenn er schon ein wenig warm wird. Ich bestelle gleich mal einen Kühleren dazu, denn wer die Wahrheit im Wein finden will, der darf nicht schon nach dem ersten Glas aufgeben." Schwups bestellte er mir einen spanischen Tempranillo, sich noch einen von dem österreichischen Weißwein und dazu einen Flammkuchen Veggi. „Bis Stina erscheint, da hast Du schon wieder Hunger" kam er meinem Einwand zuvor und grinste.

„Hoffentlich kann ich mit meiner EC Karte zahlen. Bisher habe ich hier immer bar bezahlt" warf ich ein, „ansonsten ergeht es uns wie dem Mann im Lokal. Der ruft immer:
Herr Wirt, schnell ein Glas Wein, bevor der Krach anfängt."
Er trinkt das Glas auf ex aus und sagt: „Schnell noch eines,

ehe der Krach losgeht!"
Nach dem vierten Glas fragt der Wirt seinen Gast: „Was für einen Krach erwarten Sie eigentlich?"
„Ich kann nicht bezahlen."

„Na so schlimm wird es schon nicht werden, ansonsten kennen dich doch die Mitarbeiter hier vom Lieblingsplatz und ich bin ja auch noch da." Claus klopfte mit der rechten Hand auf seine Gesäßtasche. „Da fällt mir übrigens auch ein netter Witz von Dildo ein:

Beim Frühschoppen im englischen Garten fragt der fesche Sepp die schüchterne Lisa: „Sind Sie für den nächsten Tanz schon vergeben?"
„Oh nein, ich bin noch frei!" erwidert freudestrahlend und leicht errötend Lisa.
„Könnten Sie dann bitte mein Weinglas halten, während ich tanze?"

„Ha, ha. Der passt zu Dildo. Wie pflegt er immer so schön zu sagen? Preise die Ehefrau, aber vermeide die Ehe."

009

Nach außen wirkte der Russe Michail Medwedew entspannt und konzentriert, als er seine drei vertrauten Mitarbeiter des inneren Zirkels um sich versammelte. Wer ihn näher kannte, entdeckte vielleicht, dass seine übliche aschfahle Gesichtsfarbe einer leichten, kaum wahrnehmbaren Rötung gewichen war.

Für seine rechte Hand Sergej war es ein untrügliches Zeichen, dass der Professor innerlich schäumte. Er befürchtete einen cholerischen Anfall, so wie ihn die Wenigsten hier im

Raum Versammelten je erlebt haben dürften. Sergej hatte Medwedew 1990 in der Nähe der Stadt Ocha auf der Insel Sachalin kennengelernt. Die Insel liegt weit im Osten Russlands und nördlich von Japan. Sachalin war damals noch militärisches Sperrgebiet und Michail Medwedew als Major des KGB mit Sondervollmachten, in der sechsten Verwaltung der Wirtschaftspionageabwehr und dem Industrieschutz sowie der Überwachung von in der Wirtschaft tätigen Personen unterwegs. Sergej war damals gerade erst zwanzig Jahre alt und er musste mit ansehen, wie Michail Medwedew, in einem Wutanfall 21 Arbeiter, darunter sieben Kinder, exekutieren ließ. Die ersten drei Arbeiter erschoss er persönlich. Offiziell waren sie wegen Landesverrat angeklagt, aber es gab keinerlei Untersuchungen. Sergej wurde nie das Gefühl los, dass sich Medwedew unliebsamer Zeugen seiner (illegalen?) Geschäfte entledigte.

Vor zehn Jahren begegnete Sergej ihm zufällig wieder in St. Petersburg, in der Militärmedizinischen Akademie Kirow. Inzwischen war Medwedew Professor der Psychiatrie und Doktor der Chirurgie sowie dazu ein anerkannter IT-Spezialist. Seither hatten sie auch öfter privat miteinander verkehrt, das heißt, Sergej konnte sich seinen Einladungen nicht verschließen. Im letzten Jahr wurde er von Michail direkt für dieses Projekt angeworben. Seine anfänglichen Bedenken zerstreute die unanständig hohe Bezahlung und das luxuriöse Bordleben. Seine unterschwellig vorhandene Angst vor diesem Monster, denn nichts anderes war der Professor in seinen Augen, schwand Woche für Woche, die er an seiner Seite verbrachte.

Es gab Tage, da vergaß er regelrecht die Gräueltat von 1990 und er fragte sich zuweilen, ob Michail sich vielleicht doch vom Saulus zum Paulus gewandelt hatte, was ja auf den Christenverfolger Saulus zurückgeht, der sich bekehren ließ und zum Apostel Paulus wurde. Seine gütige, väterliche Art wirkte beruhigend, fast einschläfernd auf ihn. Dies sprach für diese Einschätzung.

Sergejs Problem war nur, dass er den abtrünnigen Andrej

Sokolow persönlich empfohlen und im wörtlichen Sinne mit ins Boot geholt, quasi für ihn gebürgt hatte.

Es dauerte auch nur wenige Augenblicke bis Professor Dr. Medwedew implodierte. Sergej erstarrte. Diesen Ausdruck hatte er schon einmal vor 25 Jahren an ihm gesehen. Medwedews Körper fiel augenscheinlich in sich zusammen, dann räusperte er sich kurz, erlangte damit die ungeteilte Aufmerksamkeit seiner drei Mitarbeiter, um dann eisig flüsternd eine einzige Frage auf Englisch, der Hauptsprache unter den vielfältigen Nationalitäten hier an Bord der umgebauten, Siebenunddreißig Meter langen Explorer Yacht ‚Ycnex', was übersetzt Erfolg bedeutete, zu stellen:

„Why ?!?"

Nach einer gefühlten Ewigkeit, welche aber nur cirka fünf Sekunden währte, explodierte Medwedew. Mit einer zornigen Falte im Gesicht brüllte er mit donnernder Stimme seine Untergebenen an.

„Warum ?!!??" wiederholte er.

Speichel tropfte ihm über das markante Kinn und mit seiner eisernen rechten Faust packte er seinen engsten Mitarbeiter. Medwedew machte seinen Namen aller Ehre. Stark wie ein Bär und somit an der Spitze der Nahrungskette, hob er den fast achtzig Kilogramm schweren Sergej mühelos an. Mordlust blitzte aus seinen Augen. Es sah so aus, als wenn er den nach Luft schnappenden und zappelnden Sergej im nächsten Moment zerquetschen wollte,

was er im nächsten Augenblick auch tat.

Genauso plötzlich wie Medwedew aus der Haut fuhr, bekam er sich wieder in den Griff. Wenn jetzt jemand in den abhörsicheren und schallisolierten Raum gekommen wäre, dann würde er einen äußerlich gelassenen Professor vorfinden.

Nur das Sergej nicht mehr nach Luft schnappte, sondern wie

eine gefaltete Puppe in der Ecke lag und die beiden anderen vor Furcht erstarrt waren, hätte einiges an Irritationen hervorgerufen.

Sie wussten alle, dass sie sich einer Art Himmelfahrtskommando verschrieben hatten, aber bisher wurden sie nie wirklich mit nackter Gewalt konfrontiert. Sie waren in erster Linie Wissenschaftler der unterschiedlichsten Kategorien – auch wenn sie zusätzlich alle Spezialausbildungen in ‚besonderer' militärischer Taktik im inoffiziellen Lebenslauf besaßen.

Ihr Job hier war streng geheim, mit allen nur erdenklichen finanziellen Mitteln ausgestattet und bestens bezahlt. Da gab es natürlich den einen oder anderen Kollateralschaden unterschiedlichster Art, nur sahen sie sich bisher auf der sicheren Seite und diesen natürlich nicht ausgesetzt. So langsam dämmerte es ihnen, dass auch sie schneller ihren Arbeitsplatz verlieren konnten, als ein Computer hochfuhr, geschweige denn, dass sie ihren Arbeitslohn danach noch genießen würden.

Ihnen fröstelte.

„Entsorgt ihn" sein Blick deutete auf den schlaffen Körper „und dann weiter mit Hochdruck. Wir haben noch großes vor." Medwedew fixierte seine beiden Mitarbeiter mit seinen ausdruckslosen Augen. „Erhöht die Prämien aller um 25 Prozent, aber verstärkt gleichzeitig die Überwachung der Mannschaft. Erzählt etwas von einer äußeren Bespitzelung. Ich möchte keine weiteren Unannehmlichkeiten mehr oder gar eine Gefährdung des Projektes."

Auch wenn er den letzten Satz wieder nur flüsterte, in dem totenstillen Raum klang es wie ein Grollen. Trotzdem fügte er noch leise an: „Ich hoffe, ich habe mich ihnen gegenüber klar ausgedrückt!" Mit einem „Ich habe gleich eine wichtige Besprechung" bedeutete er seinen beiden Mitarbeitern, dass die Unterredung beendet war.
Die Chinesin und der Inder nickten stumm und verließen

den Kapitänssalon, nicht im Ansatz ahnend, welchen finsteren Mächten sie sich verpfändet hatten. Die unverholene Drohung zeigte jedoch Wirkung. Sie hing über beiden und entschwand zusammen mit ihnen durch die Kabinentür.

Nicht einmal der Professor war sich mehr sicher, ob er am Ende in den Genuss seiner gigantischen Prämie kam, aber es gab auch für ihn kein zurück mehr.

Die Büchse der Pandorra...

010

Nach zwei weiteren leckeren Weinen gesellte sich Stina zu uns. Mir blieb jedes Mal ein wenig die Luft weg und in der Lendengegend machte sich ein angenehmes Ziehen bemerkbar, wenn ich sie in den Arm nahm. Es erstaunte mich jedes Mal aufs Neue, wie erfrischend sie wirkte, selbst nach einem so langen Tag im Dienst.

„Toll, dass Du es endlich geschafft hast. Wir haben uns gerade entschlossen, Bandnudeln mit Scampis zu bestellen." Ich gab Stina einen liebevollen Kuss.

„Ich auch" begehrte Claus auf.

„Das weiß ich doch" entgegnete ich und blinzelte Stina zu.

„Nein, einen Kuss von Stina natürlich" korrigierte mich mein XO und lächelte Stina verschmitzt an.

„Okay, eins nach dem anderen" erwiderte Stina. „Erstmal York. Bandnudeln finde ich prima und den Rotwein" sie nippte kurz aus meinem Glas „gönne ich mir auch dazu. Jetzt Claus." Stina beugte sich zu ihm hinunter und gab ihm links und rechts einen Wangenkuss.

„Oh, sogar zwei..." begehrte ich in gespielter Entrüstung auf.

„Okay, ihr zwei Hähne, bitte weiter so. Das tut gut. Lenkt mich gerne ab. Ich muss erst einmal ein bisschen runter touren. Bis eben stand Gevatter Tod noch direkt neben mir. Daran werde ich mich nie gewöhnen. Das will ich auch gar nicht erst, aber es ist manchmal unvermeidlich. Die Schattenseite meines Berufes."

„Möchtest Du darüber noch sprechen?" fragte ich besorgt.

In der darauffolgenden Stille hörten wir das unverkennbare Flappen eines Hubschrauberrotors. Der silberne Helikopter flog mit hoher Geschwindigkeit, in etwa 80 Metern Höhe über die Wasseroberfläche der Bucht in Richtung der Passat. Ein Eurocopter EC 155 Typ B1 mit zwei Turbinen von je rund 950 PS und maximal 324 km/h schnell, ging mir gleich durch den Kopf.

„Der schwebt hier öfter auf dem Rosenhofgelände ein" durchbrach Claus die entstandene Pause. „Das muss ein Privathubschrauber sein, denn der Rettungshelikopter ist das ganz sicher nicht. Vielleicht ist das der Rosenhofbesitzer oder ein Familienmitglied auf Stippvisite bei seiner Erbtante" witzelte Claus.

„Der braucht nicht mehr zu erben, denn wenn jemand mindestens zehn Millionen Euro für einen Heli auf den Tisch legen kann, dann sollte er aus dem Gröbsten raus sein" fügte ich gedankenverloren hinzu und kratzte unbewusst mit der rechten Hand an meiner sechs Zentimeter langen Narbe im Gesicht. Mit Hubschraubern kannte ich mich aus.

„Oh nein York, nicht schon wieder" stöhnte Claus auf, als er meine Handbewegung registrierte. Ich winkte ihm beruhigend zu. Er verstand dieses Kratzen immer als Vorbote eines aufziehenden Unheils.

„Ich kann mir auch noch ein anderes Ziel vorstellen," murmelte ich undeutlich „aber ich erkenne keinen Grund da hinterher zu schnüffeln." Dabei rieb ich wieder, mehr unbewusst, an meiner Narbe. Claus registrierte das wieder sofort und räusperte sich auffällig laut, sagte aber nichts weiter.

„Der kommt in der Regel auch wieder sicher auf den Boden zurück" begann Stina leise. „Der junge Mann, der heute Nachmittag vom Maritim gesprungen ist, dem ist dabei das Lebenslicht erloschen. Alles deutet auf Suizid, aber ich habe dabei ein komisches Gefühl, auch wenn Karl von der Travemünder Aktuell dies glaubhaft bestätigt hat. Er stand unmittelbar dabei." Sachlich und emotional mitgenommen, beschrieb Stina den Hergang, sowie er sich zur Zeit darstellte, ohne ihr auferlegtes Dienstgeheimnis zu verletzen. „Wir haben noch keinen Anhaltspunkt, wer der junge Mann war oder welche Motive dahinter stecken" schloss sie ihre Ausführung.

Abermals verharrten wir in Stille. Ich nahm Stina in den Arm.

Mit der Ruhe war es jedoch schnell vorbei. Mein Crewmitglied Dino, den alle nur Dildo riefen, entdeckte uns und kam freudestrahlend zu uns. Er herzelte Stina und nickt uns kurz zu. „Habe ich mir es doch gedacht, dass ich euch heute noch treffe. Was trinkt ihr ?" Sogleich winkte er der Servicekraft zu und bestellte mit seinem entwaffnenden Lächeln eine neue Runde.

„Ich lege mir meinen Schal um den Hals. Es wird langsam ein wenig frisch und ich kann keinen steifen Hals gebrau..."

„Steif, dass ist das Stichwort Stina" fiel ihr Dildo ins Wort. *Im Offiziers-Casino sagt der Oberst zum General: "Gestatten, Herr General, Ihre Hose steht offen!" "Experiment, Herr Oberst, ein Experiment. Gestern das Hemd aufgehabt, sofort steifen Hals bekommen...!"*
„Ha,ha. Ich find den klasse" freute sich Dildo. Er spürte sofort, dass sein Scherz gut ankam und legte gleich einen nach.

„*Ein Amerikaner, ein Südafrikaner und ein Deutscher sitzen in einem Pub beim Bier.*
Sagt der Amerikaner: "Bei uns in Amerika gibt es einen Wolkenkratzer, der hat 361 Stockwerke!"
Meint darauf der Südafrikanere: "Ach, bei uns gibt es eine Brücke, da muss man zweimal Tanken, um rüberzukommen."
Der Deutsche: "Das ist doch noch gar nichts! Bei uns gibt es einen Mann, dessen Schniedelwutz ist so groß, da passen dreizehn Raben nebeneinander drauf!"
Ein paar Bierchen später sagt der Amerikaner: "Hmm... ich muss zugeben, ich habe ein bisschen gelogen. Der höchste Wolkenkratzer hat nur 360 Stockwerke."
Auch der Südafrikaner meint darauf: "Bei unserer großen Brücke muss man auch nur einmal Tanken, um rüberzukommen."
Nun gesteht auch der Deutsche: "Okay, ich gebe auch zu, dass ich gelogen habe. Auf den längsten Schniedelwutz passen keine dreizehn Raben drauf. Der dreizehnte rutscht mit einem Bein immer ab!"

Wir lachten alle gelöst. Es war genau das Richtige für den Moment. Dildo setzte schon wieder an und wir ließen ihn gerne gewähren.

„*Streithoff hat ein krankhaftes Augenzwinkern.*
Fragt ihn ein guter Freund: "Kann man denn gar nichts dagegen tun?"
"Doch, ich soll Aspirin nehmen!"
"Na, dann tu es doch!"
Streithoff langt in seine Tasche und holt drei Präservative heraus.
"Na, hör mal, das ist doch kein Aspirin!"
Meint der Zwinkerer: "Das ist ja mein Problem! Immer, wenn ich in der Apotheke Aspirin verlange, geben die mir Präservative!"

Die Servicekraft ließ vor Lachen beinahe unsere nächste Runde vom Tablett fallen. Dildo blickte ihr tief in die Augen und sagte: „Glaubst Du an die Liebe auf den ersten

Blick ? Wenn nicht, stehe ich gerne auf und laufe noch einmal an Dir vorbei !"

„Die Liebe ist ein Wort mit fünf Buchstaben, drei Vokalen, zwei Konsonanten und zwei Idioten" konterte sie lässig. Ups !

„Na dann..," fuhr Dildo ungerührt fort „*dann war da noch der uralte Milliardär, welcher noch einmal geheiratet hat. In der Hochzeitsnacht fragt er seine ebenso süße, wie blutjunge Braut: "Sag mal, Liebling, deine Mutter hat dich aufgeklärt ?" "Leider nein" stammelt seine Braut errötend. "Verdammt" murmelt der Alte "und ich hab's vergessen !..."*

Weltklasse ! Dildo hatte für heute Abend die düstere Geschichte ausblenden lassen. Er flüsterte mir verschmitzt zu: „Ich sage Dir, sie hat mich gerade geblickfickt..."

Inzwischen war es dunkel geworden. Morgen begann wieder ein neuer Tag. Wir zahlten und verabschiedeten uns. Mein XO ging an Bord der ‚o.li', Stina und ich gingen zu ihrer Wohnung Am Leuchtenfeld. Dildo verschwand mit einem Grinsen im Gesicht. Ich hatte mitbekommen, dass die Servicekraft ihm einen kleinen Zettel zugesteckt hatte.

Der private Hubschrauber hob gerade vom Priwall ab und entschwand schnell in der Dunkelheit. Der Pilot musste offenbar mit einem Nachtsichtgerät ausgestattet sein, denn für einen Sichtflug war es mittlerweile unmöglich geworden.

„Das muss schon ein wichtiger Termin sein, wenn jemand diese Kosten in Kauf nimmt" mutmaßte ich für mich.

011

Nach dem der Gast wieder mit dem Hubschrauber abgeflogen war, saß Professor Dr. Michail Medwedew sinnierend in seinem Ledersessel vom Kapitänssalon. Analyse.

Die Unterredung mit seiner Kontaktperson, er nannte ihn für sich immer nur ‚Ghost', obwohl er seinen richtigen Namen und seine Bedeutung in der Weltwirtschaftswelt kannte, war sehr harmonisch, sehr freundschaftlich verlaufen. Es wurden nur Nettigkeiten ausgetauscht und alle seine Berichte, inklusive der Todesfälle von Andrej und Sergej, wurden zustimmend aufgenommen.

Irgendwie erschien es Medwedew jedoch zu.., ihm fehlte das richtige Wort, zu gefällig, ja praktisch zu liebenswürdig. Ein undefiniertes Gefühl von Gefahr wabberte in seinem Bauch und seinem Hirn. Sein Überlebensinstinkt war aktiviert. Ein untrügliches Zeichen für ihn, dass etwas nicht stimmte. Er vertraute dem Gefühl, wusste nur noch nicht, woher die Gefahr kommen sollte. Es war ihm klar, dass er nur ein winziges Rädchen im Machtgefüge seiner Auftraggeber war.

Für diese Arbeit brauchten sie ihn jedoch. Logistisch passte hier alles zusammen. Sie lagen mit ihrer großen Explorer 37 direkt am Kai vom Rosenhof. Ein Hubschrauberlandefeld gab es in unmittelbarer Nähe und mit dem Auto konnten sie bis vor das Schiff fahren. Ideal um neugierigen Blicken zu entgehen. Natürlich fiel das Schiff auf, aber je auffälliger platziert, desto unauffälliger waren sie. So sein Credo. Er hatte das Gerücht streuen lassen, dass dieses Schiff einen öffentlichkeitsscheuen russischen Eigner hat. Das Medieninteresse erlosch beziehungsweise es wurde erst gar nicht angestachelt. Alle Fenster waren von außen nicht einsehbar, nur ab und zu das offensichtliche Crewpersonal, was mit den laufenden Reinigungsarbeiten an Deck beschäftigt war. Allesamt mit einer Zusatzausbildung als Nahkämpfer. Das wussten aber nur wenige an Bord. Sie waren transparent, praktisch unsichtbar, wie ein Wasserzeichen.

Das ‚allsehende Auge' in der hängenden Skulptur an der Salondecke, blickte ihn an und lenkte Medwedew leicht ab. Es war so mit einem Kompass gekoppelt, dass es immer nach Osten blickte, dem Sonnenaufgang entgegen.

Er konzentrierte sich wieder auf seine Reflexion.

Neben den, für diese Bootsgröße, recht kleinen Zweierkabinen, verfügte das Schiff über einen kleinen, sehr gut ausgestatteten Operationsraum, drei bestens ausgerüstete Computerplätze mit einem eigenen Server sowie einem effektiven Fitnessraum. Das sämtliche Geräte mit der neuesten Technologie ausgestattet waren, brauchte nicht extra erwähnt zu werden. Auf See wären sie bis zu sechs Monaten autark, wenn sie nicht mehr als 5.000 Seemeilen machten. Der Flughafen Lübeck-Blankensee war ebenfalls unweit, sodass es immer eine perfekte Anbindung gab. Damit war Travemünde für das Projekt und seinen Auftraggebern ein idealer Standort. Politisch sowieso.

Er hielt in seinen Gedankengängen inne und musste grinsen. Da glaubten sie in Lübeck doch noch immer, dass der deutsche Außenminister und der Bürgermeister das G7-Außenministertreffen nach Lübeck gelegt hatten. Er wusste es besser, welche Kräfte hier im Spiel gewesen waren. Naja, die einen spielten Politik und die anderen, welche nicht im Vordergrund agierten, bestimmten wohin es langfristig tatsächlich lang ging. Das war schon seit Jahrhunderten so und würde sich durch keine Politiker ändern. Alle Politiker waren mehr oder weniger Marionetten im großen Spiel und das Volk die lenkbaren Lemminge. Allesamt ruhig gestellt durch Konsum, TV, Religion oder, wenn tatsächlich einmal Menschen aufbegehrten, manchmal mit schlichter Gewalt. "Wenn Wahlen etwas ändern könnten, wären sie schon längst verboten" murmelte Medwedew. Mit Politik hatte er deshalb auch nichts am Hut. Die Wissenschaft war seine Passion. Forschen, entdecken und entwickeln. Wie andere das dann nutzten war ihm egal. So auch jetzt.

Eigentlich lief bisher alles bestens – bis heute. Andrejs Chip konnten sie nicht mehr sicherstellen. Das hatte Medwedew Ghost gegenüber nicht erwähnt. Das war schon der Zweite innerhalb dieser Woche. Sie hatten schon einen Probanden in Travemünde verloren. Ein vierunddreißigjähriger Drogist hatte sich den goldenen Schuss gesetzt, morgens um drei Uhr. Seine Freundin fand ihn unmittelbar danach und sie reagierten nicht rechtzeitig, da der diensthabende Operator das einkommende Signal auf ‚low noise' gestellt hatte.

Zum Glück stellte der junge diensthabende Notarzt gleich einen Totenschein aus und es wurde keine pathologische Untersuchung angeordnet. Dies war auch ein Vorteil der Provinz. So hatten sie den Chip beim Bestattungsinstitut noch rechtzeitig sicherstellen können. Keine Fragen, keine Komplikationen. Allerdings war sich Prof. Medwedew sicher, dass niemand etwas mit dem codierten Chip anfangen konnte. Überhaupt, ausgelesen werden konnte der Chip auch hier auf dem Schiff nur mit seinem geheimen Zugangscode.

Dennoch, Michail Medwedew wäre nicht noch am Leben, wenn er nicht immer einen Plan B in petto gehabt hätte. So wie jetzt natürlich auch. Er drückte sich aus seinem Sessel hoch, öffnete den Humidor auf dem Sideboard und griff zu einer Cohiba Lanceros. Seine Nase erschnüffelte den leicht ledrigen Geruch. Aus Sentimentalität entschied Medwedew sich dann jedoch für eine Cohiba Esplendidos. Er mochte den Geschmack nach cremigen Aromen, die an Karamell und Kaffeeröstung erinnerten. Später würde der Eindruck von Kakao im Vordergrund stehen. Alles Geschmacksrichtungen, die er als junger Mann zu schätzen gelernt hatte.

Professor Dr. Michail Medwedew schloss den Humidor, schnitt die Zigarre fachgerecht am Kopf an, wärmte den Fuß vorsichtig mit der Flamme eines entzündeten Streichholz aus Zedernholz und zog an der Zigarre, ohne dass die Flamme die Cohiba berührte. Dabei drehte er sie leicht. Die Zigarre brannte gleichmäßig an allen Seiten. Kräftige Röstaromen breiteten sich aus. Er kostete den Geschmack einige Sekunden aus bevor er den Rauch langsam ausatmete.

Zufrieden setzte er sich zurück in den Sessel und nahm einen Schluck vom zwanzigjährigen Rum Centenarion Fundacion, den er sich schon vorher bereit gestellt hatte. „Auf den Erfolg" prostete Medwedew sich im Stillen zu.

Sie brauchten ihn – noch.

012

Mi-12.August-2015

Um neun Uhr fünfzehn trafen Claus und ich zeitgleich am Cafe Cayade in der Vorderreihe zusammen. Hier nahmen wir gerne unseren ersten Cappuccino ein, verzehrten hin und wieder einen Strammen Max zum Frühstück, trafen Freunde und Bekannte oder besprachen, wie Heute, die Tagestörnplanung. Ich lehnte mein Fahrrad an einem der Blumenkübel an.

Ehe wir beide Platz genommen hatten, erschien schon die freundliche Servicekraft mit zwei Cappuccini auf dem Tablett. „Guten Morgen. Was für ein schöner Tag heute. Ich habe Euch schon kommen sehen und den Cappu vorbereitet" lachte sie uns an.

„Ach so?" erwiderte mein XO und zauberte ein freundliches Lächeln in sein Gesicht, das bis eben noch recht zerknittert gewirkt hatte. Normalerweise braucht er ein wenig Anlaufzeit, da er von Hause aus ein Langschläfer ist. Claus war fußläufig unterwegs, nachdem ihm die kleine ‚Mary' vom Passathafen zum Leuchtenfeld übersetzte.

Da wir mit Dildo noch nicht wirklich rechneten, begannen wir mit dem Wettercheck. „Der Himmel sagt, es wird ein sonniger Tag. Da schaue ich doch gleich einmal auf die WetterApp, was uns der Wind zu bieten hat. Im Moment haben wir nur einen schwachen Ostwind. Ich hoffe, das der noch an Kraft gewinnt."

„Das wäre toll, York" freute sich Claus. „Vielleicht können wir nachmittags die Fotosession über die Spirit Segelyacht von Gib machen, wenn er Zeit hat und der Wind zunimmt. Dann gibt es schöne brechende Wellen."

„Naja, die App sagt uns nur 14 Knoten Ost-Nord-Ost und ab fünfzehn Uhr auf Süd-West drehend voraus. Das wird nicht für die Wellen reichen, die wir für unsere Fotoidee brauchen. Da ist eher der Stadthafen von Neustadt angesagt mit einem leckeren Fischbrötchen und ein paar Kugeln Eis vom Eiscafe Dolomiti."

„Klasse, eine hervorragende Idee !" stimmte mir Claus zu. „Wie war das noch mal ? Der Pessimist klagt über den Wind, der Optimist hofft, das er dreht, aber der Realist richtet die Segel aus."

„Genau, wir können die Windrichtung nicht ändern, aber die Segel anders setzen" fügte ich an.

„Morgäähn" erschallten die Stimmen von Chris und Def von der anderen Straßenseite. Sie winkten uns im Vorübergehen zu und entschwanden schon wieder in Richtung Strand.

Uns blieb gerade noch genügend Zeit zum zurückwinken. „Die wollen bestimmt mal kurz in der Ostsee abtauchen" wandte ich mich wieder an Claus.

Die Außenplätze des Cafes füllten sich allmählich mit den üblichen ‚Verdächtigen' und damit auch der Geräuschpegel. Zwei Tische weiter tauschten drei ältere Damen lautstark den neuesten Klatsch und Tratsch aus. Von der Lautstärke her mussten sie, wenn nicht rücksichtslos, ziemlich schwerhörig sein, zumindest eine von ihnen. Dazu kläffte eine kleine Töle. Ziemlich nervig, aber irgendwie passte das

Schoßhünchen in das Gesamtbild.

Zusammen mit dem Schinkenrührei auf Schwarzbrot erschien wider erwarten Dildo. „Einen Cappu mit viel Schuss und vier große Spiegeleier, bitte" bestellte er sogleich. „Ich muss ja schließlich wieder zu Kräften kommen. Ein gutes Frühstück beginnt mit Sex auf dem Küchentisch und danach Spiegeleier." Dabei strahlte er uns an. „Oh Jungs, war das wieder eine Nacht. Ich habe mich richtig verliebt." Er blickte verzückt. „Die Liebe ist wie eine einsame Insel im Meer des Lebens. Ich bin dort mit ihr gestrandet und hoffe nicht gerettet zu werden."

„Oh, hegst Du wieder Heiratsgedanken oder bist Du noch betrunken?" zog ich ihn auf.

Dildo stutzte. „Nee, natürlich nicht wirklich" versicherte er uns lachend. Der Ehering ist eine Tapferkeitsbescheinigung, die man(n) am Finger trägt. Früher war ich der Ehe gegenüber unentschlossen, aber heute bin ich mir nicht mehr sicher. Für eine Ehe bin ich einfach überqualifiziert!" Warum denn Heiraten, wenn leasen günstiger ist?"

„Ich für meinen Teil bin gerne verheiratet" warf Claus ein. „Meine Frau hat es verstanden, mich nicht wesentlich zu ändern. Daher fühle ich mich auch nicht eingeengt."

„Naja, Du bist ja auch der Sohn eines Pastors. Ich halte es lieber mit Oscar Wilde. *Einen idealen Gatten gibt es nicht. Der ideale Gatte ist ledig!* Da gab es doch auch noch den Priester und den Ehemann" sprudelte Dildo weiter.

„Ein Priester und ein Ehemann sitzen im Flugzeug. Eine schöne Stewardess fragt, ob sie einen Drink haben möchten.
"Ja, gerne" antwortet der Ehemann "ich nehme einen leckeren Gin Tonic."
"Nein danke" lehnt sein Sitznachbar ab. "Als Priester darf ich weder Alkohol trinken noch Geschlechtsverkehr haben."
"Moment mal, Fräulein" ruft da der Ehemann. "Ich wusste ja

nicht, dass ich die Wahl habe !" Dildo gluckste.

„Du sprühst ja schon wieder förmlich vor Tatendrang. Lasse uns zahlen und dann ab zum Segeln." In dem gleichen Moment wo ich aufstand, klingelte mein Handy. Odin. „Pronto."

„York" krächzte er ungewohnt piepsig. „Ich glaube ich gebe den Wassersport auf..." erklang es undeutlich.

Odin war ein absolut überzeugter Antialkoholiker. Wenn er einer ‚Sucht' frönte, dann der Zuneigung zu einem anderen Genussmittel, der Schokolade. In jedweder Form huldigte er dem Mayagott Ek Chuah und hortete Schokoprodukte zum baldigen Verzehr in seinem Haus und auf dem Boot. Ungeachtet dessen hakte ich vorsichtshalber nach. „Hast Du doch aus Versehen Alkohol zu Dir genommen oder zu viele gefüllte Pralinen ?"

„Ähem.., kannst Du vielleicht ganz schnell zum Trawler kommen... – und Stina auch mitbringen ?" Odins Stimme klang immer noch seltsam. „Ich befürchte, ich habe schon wieder eine Leiche am Boot..."

Ups ! „Wir sind gerade fertig mit dem Cayade Frühstück, also praktisch schon bei Dir." Ich drückte das Gespräch weg. „Es gibt eine Planänderung, Odin meint eine Leiche entdeckt zu haben." Zum ersten Mal war Dildo heute Morgen sprachlos und der XO klapperte nur mit den Augenlidern.

Adieu Segeltag ?

013

In dem Altbau der Lübecker Rechtsmedizin gab es kein Netz. POK Stina Wallison fluchte leise. Sie hatte sich vorgenommen, York noch eine kurze sms zu schreiben. Ihr Herz pochte wieder heftig, wenn sie an die vergangene Nacht dachte. Die kühle Luft hier unten in den kahlen Räumlichkeiten verdrängte jedoch schnell jede romantische Anwandlung. Beim Betreten des Sezierraumes schlug ihr gleich der Geruch einer Mischung von scharfen Reinigungsmitteln und einem Magen-Blutgemisch entgegen, womit auch der letzte erotische Gedanke eliminiert wurde.

Am blanken Stahltisch hantierte der junge Rechtsmediziner, Dr. Kevin Roche, mit einem Trennschleifer an der Schädeldecke des Verstorbenen. Stina Wallison konnte sich nicht an diese, wenn auch wichtige Arbeit, gewöhnen.

„Hallo S-S-Stina" stotterte Roche leicht. In Anwesenheit von Stina Wallison fühlte er sich im Smalltalk immer gehemmt, auch nach Jahren noch. Nur wenn er fachlich dozierte, vergaß Dr. Roche sein Problem.

Stina musterte den fünfunddreißigjährigen Rechtsmediziner. Wie immer schaute er blass aus, was der weiße Laborkittel obendrauf unterstrich. „Hallo Kevin" grüßte sie zurück. „Es fühlt sich hier heute wieder gruselig an."

Roche hielt kurz inne und blickte sie irritiert an, wandte sich sogleich wieder dem Schädel zu. „Wie in einem Schlachthof, nur fürchterlicher" ging es ihr durch den Kopf. Schnell tupfte Wallison sich etwas minzhaltige Salbe unter die Nasenlöcher. So ganz verschwand der Leichengeruch dennoch nicht.

Er nahm einen Abstrich vom Hirngewebe vor und schaltete das hängende Mikro über seinen Kopf ein. Mit fester Stimme sprach er kurze Sätze auf Latein. Wallisson verstand nichts. Die Sprache der „Toten" war nicht ihre.

„So, dass war es." Dr. Kevin Roche schaltete das Mikro wieder aus und verpackte noch eine undefinierte Masse an Körperteilen in vorbereitete Beutel. Die verbliebenen Körperteile, welche Wallison auch nicht alle zuordnen konnte, legte er auf eine Bahre. Danach spülte er den Stahltisch mit Wasser und wandte sich an Stina. „Komischer Fall. Soweit ich das beurteilen kann, hatte der Tote keine organischen Schäden, Krankheiten oder sonstige Beschwerden. Zu Lebzeiten war der junge Mann kerngesund. Nichtraucher. Wahrscheinlich Sportler. Der Abgleich der Fingerabdrücke hat bisher keinen Treffer erbracht. Die Masse in diesem Beutel, er deutete auf den undefinierten Inhalt, sind die Reste seiner Organe." Wallison wandte den Blick ab und zwang sich an den Fall als solches zu denken.

„Wie nicht anders zu erwarten bei einem Fall aus einer solchen Höhe, ist sein Herz explodiert, die Lungen kollabiert, Frakturen an fast sämtliche Knochen. Eigentlich ist nur wenig intakt geblieben. Als Spender kommt der junge Körper nicht mehr in Frage" versuchte er einen Scherz zu machen.

Stina blickte ihn nur milde an.

„Das ist das wissenschaftlich Abgesicherte. Was noch nicht abgesichert ist, aufgrund der Knochenstrukturen und des doch recht gut erhaltenen Schädels, tippe ich auf eine slawische Nationalität. Russe, Weißrusse, Litauer oder Lette. Wie gesagt, dass ist bisher eine Vermutung. Vielleicht kann Interpol da helfen. Weiter vermute ich einmal, dass diese Person sehr viel Zeit an Computern verbracht hat. Beruflich oder privat. Ein Handwerker ist er auf keinen Fall. Er hat die typischen Symptome eines RSI-Syndroms am linken Arm. Daraus schließe ich, dass er zumindest ein Linkshänder war. Dies ist so eine Art Mausarm. Eine nicht mehr heilbare Mikro-Verletzung und Gewebeveränderung. Durch das ständige eintippen von Daten mittels der Tastatur entsteht ebenfalls eine einseitige Belastung, die hier ebenso vorliegt. Dazu passt auch die wohl leicht vorhandene Sehstörung, die durch intensives Arbeiten mit Monitoren hervorgerufen wird.

Daran leiden bereits mehr als 60 Prozent der Menschen, die täglich mehr als vier Stunden am Computer arbeiten."

„Okay, das ist nicht viel, aber immerhin etwas. Ein Fremdverschulden schließt Du somit aus?" hakte Stina Wallison nach.

„Im Prinzip ja, aber ich habe da noch etwas Merkwürdiges entdeckt. Am rechtes Handgelenk" er suchte die entsprechende Extremität „habe ich einen Schnitt bzw. eine Art kleine Muldentasche entdeckt, welche ich noch nicht richtig einordnen kann. Selbst als dilettantischer Suizidversuch geht das keinesfalls durch. Ich vermute beinahe, dass hier etwas drinnen war. Ein Fremdkörper. Hierauf deutet zumindest das vernarbte Gewebe hin. Eine schlüssigere Erklärung habe ich jedenfalls nicht. Noch nicht.

014

Aufgeregt stand Odin am Bootssteg. In seiner rechten Hand hielt er einen Bootshaken aus Holz. Dieser reichte bis in das Wasser hinein. Auf den ersten Blick sah es so aus, als wenn er angelte.

„Das ist ja mal eine Angel. Beißen sie? Auf was gehst Du denn? Großfisch?" Dildo lachte den bleichen Odin an.

Stumm zeigte Odin auf eine wabernde Masse im Wasser.

„Och nee" entfuhr es Claus, als er den Schädelknochen wahrnahm „das sieht gar nicht gut aus." Ich hatte inzwischen schon versucht Stina zu erreichen, aber es lief nur eine Bandansage, dass der Teilnehmer zur Zeit nicht erreichbar sei. Kurz danach hatte ich ihren Kollegen Malte am Apparat.

Malte kam die paar Meter zu Fuß. „Hallo York, hallo alle zusammen" begrüßte er uns in seiner bekannt flapsigen Art. „Was ist das denn wieder für eine Sauerei" schimpfte er., nachdem er einen Blick zum Ende des Bootshaken geworfen hatte. Malte nahm Odin den Bootshaken ab. „Ein Rib wird auch schon startklar gemacht" wandte er sich an uns und piepte seine Kollegen an. „Bringt unbedingt eine Bergeplane mit und jemand soll schnellstens eine Sichtsperre am Land aufstellen. Eine ganz ekelige Angelegenheit. Die Spusi soll auf jeden Fall kommen, auch wenn es hier wohl nicht viel zu sichern geben wird." Malte beendete das Telefongespräch und wandte sich wieder uns zu. „So etwas habe ich auch noch nicht gesehen. Was da wohl hinter steckt. Nach einer natürlichen Todesursache schaut es jedenfalls nicht aus. Ich denke mal, dass Ihr mir nichts weiter erzählen könnt, außer das ihr dieses..," ihm fehlten die richtigen Worte „... dieses „etwas" gefunden habt?"

Betroffen schüttelten wir alle unseren Kopf.

„Malte, uns brauchst Du ja nicht weiter. Wir machen uns ganz schnell vom Acker und gehen Segeln, um dieses Bild aus dem Kopf zu bekommen." Ich wartete erst gar nicht seine Antwort ab und nickte ihm zu. „Odin, magst Du mitkommen?"

„Ähem.., ganz sicher nicht. Mir ist schon schlecht. Ich brauche erst einmal eine Schokolade zur Stärkung." Schnell entschwand er unter Deck.

„Ich brauch auch etwas ganz Starkes" meldete sich Dildo zu Wort. „Ich habe urplötzlich so einen ganz muffigen Geschmack im Mund. Im Yacht Club gibt es da bestimmt etwas dagegen." Claus nickte zustimmend.

„Okay. Zuerst eine kleine Spülung und dann schauen wir noch kurz auf die Bucht. Ich brauche einen Tapeten- und

Gedankenwechsel" stimmte ich zu.

Der WaschPo Kollege von Malte, Hans, ging längsseits zu Odins Boot und verzog angewidert sein Gesicht. „Ich hätte mich krank schreiben lassen sollen" fluchte er und zog sich Handschuhe über.

Wir beneideten niemanden.

015

Genau nach dem vor ihr fahrenden Wagen schlossen sich die Bahnschranken, sodass Stina Wallison ihren Dienstwagen abbremsen musste. Sie hatte nicht, wie sonst, auf die Uhr gesehen, ansonsten wäre sie über den Moorredder gefahren. Jetzt musste sie, die im Stundentakt verkehrende Regionalbahn aus Lübeck passieren lassen.

Besonders eilig hatte sie es nicht. Gerade erst der Leichenhalle entkommen, wartete laut Malte schon die nächste Leiche auf sie. Zwei Leichen an zwei Tagen in Travemünde. Sie konnte sich etwas Schöneres für ihre Wahlheimat vorstellen. Sie mochte ihren Beruf, aber ohne Leichen gefiel ihr der Beruf noch besser. Ihre Passion war das Wasser. Deshalb hatte sie sich seinerzeit für die Wasserschutzpolizei entschieden. Dass sie es inzwischen mit so vielen Todesfällen zu tun bekommen hatte, störte sie enorm.

Die Bahnschranken öffneten sich .Wallison folgte der Straßenführung und bog am Ende nach links in die Torstraße, welche dann in die Kurgartenstraße überging. Ab hier ging es nur schleppend vorwärts, da die Müllabfuhr die Einbahnstraße blockierte. Stina Wallison genoss die Ruhe vor dem Sturm. Sie wusste, im Revier war sicher schon der Teufel los. Die getriebenen Kollegen, die von den Politikern getrieben Vorgesetzten und zuletzt noch die Medien. Alle wollten Antworten haben – möglichst schon die Lösung der Fälle, sofern es denn welche waren. Wallison zweifelte indes nicht daran.

Vor dem Revier gab es nur noch einen Parkplatz, wo sie den Mercedes Vito rückwärts einparkte. Kaum hatte sie den Dienstraum betreten, nahm sie sofort die angespannte Stimmung wahr. Malte verdrehte nur die Augen. Kurz hinter ihm tauchte Detlef Schlumpberger auf, ein Kollege vom Morddezernat MD.1 in Lübeck. Schlumpberger nickte Wallison freundlich zu und zuckte kurz die Achseln. Ehe er das Wort an sie richten konnte, ertönte die Stimme von Hauptkommissar Vanderstetten.

„Ich habe hier schon alles im Griff, Frau Kollegin. Wir haben diesen Fall schon übernommen. Das ist ein ganz klarer Fall für uns. Sparen sie ihre Ressourcen."

Auch wenn Wallison froh sein sollte, dass ihr der Fall abgenommen wurde, war sie doch über die nassforsche Vorgehensweise von Vanderstetten genervt. „Daher die Anspannung ihrer Kollegen" dachte sie. „Ohne ihren Eifer bremsen zu wollen" entgegnete sie zuckersüß „die Leiche oder das was davon übrig geblieben ist, wurde im Wasser vor unserer Haustür gefunden und somit erst einmal ein Fall für uns. Wenn die oberen Herren da anderer Meinung sind, dann können sie es mir ja mitteilen. Solange bearbeiten meine Kollegen und ich den Fall. Wenn sie nichts zu tun haben, dürfen sie gerne zuschauen, aber stehen sie meinen Leuten nicht im Weg."

Detlef Schlumpberger grinste breit und Volker Vandersetten setzte ungläubig schauend zu seiner Erwiderung an, aber Wallison ließ ihn einfach stehen und versammelte ihr Team um sich. Kurz brachten sie sich gegenseitig auf den neuesten Stand. Dabei überreichte ihr Malte einen an sie adressierten Brief, der ausdrücklich mit dem Wort PERSÖNLICH gekennzeichnet war. Sie steckte ihn erst einmal in ihre linke Jackentasche und verteilte die nächsten Ermittlungsaufgaben. Die alltäglichen Aufgaben der WaschPo mussten schließlich auch erledigt werden.

Nachdem das erledigt war, goss sie sich ihren ersten Kaffee in einen farbenfrohen Becher ein. Die Wasserleiche befand sich laut Malte schon auf dem Weg in die Rechtsmedizin. Stina Wallison seufzte dankbar. Es blieb ihr also noch ein wenig Zeit, bevor sie sich abermals auf den Weg zur Rechtsmedizin machen musste. Einmal im Jahr genügte ihr das vollends, aber zweimal an einem Tag. Sie fröstelte.

„Vielleicht hätte ich doch lieber dem karrieregeilen Kollegen Vanderstetten den Vortritt lassen sollen," murmelte sie leise in sich hinein, um gleich hinterher zu schieben „aber nicht auf diese prollige Art und Weise."

„Führst Du schon Selbstgespräche?" Malte musterte sie neugierig. Er hatte eine Akte in der Hand.

Stina schrak leicht zusammen. Sie hatte Malte gar nicht eintreten gehört. „Entschuldige, ich war in Gedanken. Für meinen Geschmack haben wir schon wieder zwei Tote zu viel. Das wird uns eine Menge Zeit und Energie absaugen. Zum Glück sind Ferien und meine Tochter ist ein paar Tage bei meinen Eltern." Sie nahm einen Schluck Kaffee und dachte wehmütig „und viel Zeit für York werde ich leider auch nicht erübrigen können..."

„Den Suizid können wir doch praktisch ad acta legen, wenn wir den Namen herausgefunden haben. Da teile ich nicht Deine Meinung, dass ein Fremdverschulden vorliegen könnte. Die Wasserleiche ist da schon ein anderes Kaliber. Zu Lebzeiten wird sich diese Person sicher nicht selbst so zugerichtet haben können. Das war ein richtig makaberer Anblick. Glaube mir." Malte schüttelte sich. „Wer macht so etwas nur?"

„Ich habe bisher nur die Fotos gesehen, aber das reicht mir eigentlich schon. Ich fahre später noch nach Lübeck und sehe mir das Original an. Hoffentlich hat Roche dann schon

Ergebnisse für uns. Ich möchte da nicht so oft hin." Stina zog eine Grimasse. „Bei dem Springer habe ich ein ungutes Bauchgefühl. Mit Fakten kann ich das natürlich nicht untermauern. Wir werden sehen."

Wallison stand auf und strich sich die Jacke glatt. Dabei knisterte der Briefumschlag in ihrer Jackentasche. „Oh, den habe ich beinahe vergessen." Sie holte den Umschlag hervor. „Kein Absender. Nur so ein stilisiertes Auge. Ziemlich krakelig. Ist auch nicht besonders dick." Auf ihrem Handy aktivierte sie die Taschenlampenfunktion und leuchtete den Umschlag von hinten an. „Hmmh, da hat sich wohl jemand einen Scherz erlaubt. Der Brief scheint leer zu sein." Mit einem kurzen Ruck ließ sich der Briefumschlag aufreißen. Wallison schüttelte den geöffneten Umschlag mit der Öffnung nach unten über die bunte Schreibtischunterlage.

„Ups" entfuhr es Stina. Ein kaum hörbares Geräusch, wie ein fallendes Reiskorn. Beinahe hätte sie es überhört. Ihre Augen suchten die Unterlage ab. „Malte, schau mal hier. Was kann dies denn sein?"

„Sieht aus wie ein kleines Teil einer alten Leiterplatte. Mit solchen technischen Kleinkram kenne ich mich nicht aus."

Stina Wallison steckte das Teil wieder in den Umschlag zurück und wusste schon, wen sie hierzu Fragen konnte. „Es sieht jedenfalls nicht gefährlich aus."

„Wahrscheinlich ist das nur ein Kinderscherz, aber denke daran, nicht alles was harmlos wirkt ist es auch." Malte grinste und wandte sich wieder seiner Akte zu.

016

Im LYC Restaurant Marina waren schon die ersten fünf Tische besetzt. Seitdem das neue Pächterpaar das Konzept mit viel Liebe und Engagement neu ausgerichtet hatte, entwickelte sich diese tolle Location wieder zu einem Ort der Gastlichkeit, im wörtlichen Sinne.

„Zwei Windbeutel, aber bitte ohne Wind" orderte gerade ein Mann im maritimen Zweireiher am ersten Tisch „dann sollte ein ordentlicher Rabatt drin sein."

Die Servicekraft strich sich kurz durch seinen Meckihaarschnitt und konterte. „Rabat ? Was war das gleich noch ? Ach ja, das ist eine Stadt in Nordafrika. Okay, dann zwei Windbeutel mit..." Der Rest ging in den umliegenden Gesprächen unter.

Wir hatten noch gar nicht richtig Platz genommen, da stand bereits eine weibliche Servicekraft am Tisch bereit, um die Bestellung zu notieren. Ich bestellte meinen üblichen Cappuchino, Claus brauchte einen doppelten Espresso mit Schuss und Dildo bestellte sich ein Bier zum ‚spülen'. „Dazu bitte noch ein Feinheimisch Schweinekotelett mit Bratkartoffeln und Speckbohnen."

„Das glaube ich jetzt doch nicht" entfuhr es dem XO. „Ich bekomme jetzt keinen Bissen herunter. So übel ist mir nach dem Anblick. Mich müsst ihr schon schanghaien, wenn ich mit zum Segeln und Baden kommen soll. "

„Okay, also mein XO bekommt noch einen doppelten Birnenschnaps dazu" orderte ich für ihn. „Claus, das Leben geht weiter. Sei es noch so schrecklich, wir können daran nichts mehr ändern und Du darfst Dir nicht jedes Unglück aneignen. Wir haben da keinerlei Berührungspunkte. Das führt nur zu Depressionen. Liebe das Leben und carpe diem."

„Du kannst das vielleicht. Ich bekomme davon Albträume."
Kurz danach wurde das Essen gereicht. Dildo trank vorab einen großen Schluck aus seinem Bierglas. „Mmmh, ich habe das... - schon vergessen" erklärte er und machte sich schmatzend über seinen Teller her. „Magst Du einmal probieren, Claus ? Das ist wirklich klasse."

Claus schüttelte nur den Kopf. Am Nebentisch saßen vier sehr schick gekleidete Damen in den Siebzigern bei Cappuchino und Bruscetta. Ihren Gesprächsthemen konnten wir uns nicht entziehen, da auch sie sich in einer Lautstärke unterhielten, die ein Ausblenden unmöglich machte. Vielleicht war es dem Alter und dem nachlassenden Gehör geschuldet. In bester fernsehtauglicher Tratschmanier handelten sie rasch die verschiedensten Themen ab. Vom Nachwuchs des europäischen Hochadels, bis zu den Kleidungsgewohnheiten ihrer Bekannten. „...das wird immer mehr. Acht Toten im Freundeskreis habe ich seit April die letzte Ehre erwiesen" trällerte die Dame mit dem fliederfarbenen Sommerhut in die Runde und blickte dabei ihre Begleiterinnen so an, als wenn sie einen Preis davon getragen hatte. Ich registrierte, wie Claus Augen sich wieder weiteten. Der fliederfarbene Hut war, zum Leidwesen meines XO, noch nicht mit dem Thema fertig. „Stellt euch vor, einer ist sogar während eines Spazierganges an der Alster gestorben. Toll nicht wahr ?"

„Ach, was für ein schöner Tod" stimmten ihr die anderen drei unisono bei.

„Ja, so ein Glück hat nicht jeder. Vielleicht sollten wir uns jetzt alle einen Prosecco zuführen ?" Schon schnippte der Sommerhut mit den Fingern der Servicekraft zu. „Herr Ober..."

Dildo hatte das Essen bereits weggeatmet und so sprang Claus sofort auf und teilte uns mit, dass er die Rechnung gerne übernahm. „Wir sollten jetzt einmal los" drängte er uns, mit einem kurzen Seitenblick zu dem Damenkränzchen, welches sich gerade zuprostete. „Wer weiß, was da noch für

Stories ans Licht kommen, wenn sie angetrunken sind."

Wir setzten mit der ‚Mary', dem Versetzboot des Lübecker Yacht Club, rüber zum Passathafen an den Steg ‚H', wo unsere ‚o.li' vertäut lag.

„Ah, York" rief Martin, der unweit von uns mit seiner blauen Jeanneau Flirt lag. „Ich habe für Dich noch die kleinen scharfen Teufelswürstchen aus Österreich. Die sind gerade gestern angekommen. Lecker, aber Du weißt, sie sind zweimal scharf. Erst beim Essen und dann noch einmal" lachte er.

Ich bedankte mich und wir verabredeten, in den nächsten Tagen zusammen beim Griechen ‚Ellas' zu speisen. Dort gab es die besten Pommes frites in ganz Travemünde.

An Bord bereiteten wir das Schiff rasch zum Auslaufen vor. Der Landstrom wurde von Dildo abgetrennt. Claus kümmerte sich um die Segel und Fender. Ich bereitete das Navigationsgerät sowie die Winschen vor und startete den Motor. Nachdem die Festmacher gelöst waren fuhren wir rückwärts aus der Box und nahmen Kurs auf die Trave.

Widererwarten blies der Wind mit schwachen fünf Knoten aus südlicher Richtung, entgegen der östlichen Wettervorhersage. „Sei es drum" sagte ich „dann ziehen wir die Segel gleich hoch." Innerhalb zwei Minuten waren das Groß und die Genua gesetzt. Mit beschaulichen drei Knoten glitten wir an der Viermastbark ‚Passat' vorbei.

Das einlaufende, grün lackierte Zollboot ‚Priwall' der Küstenwache, gab ein einmaliges Schallsignal und drehte über Steuerbord bei, um seinen Liegeplatz anzusteuern. Kurz nachdem wir den grünweißen Leuchtturm an der Travemündung passierten, lief die ‚Huckleberry Finn' der TT-Linie in die Trave ein.

Beinahe geräuschlos glitten wir auf der glatten Ostsee entlang der wunderschönen Mecklenburgischen Küste. Das

Wasser glitzerte in feinen ultramaringrünen Schattierungen. Die bunten Strandmuscheln am Uferbereich wirkten wie malerische Kleckse auf dem weißen Sand vor dem dunkelgrünen Baumbestand. Dazu passten die vereinzelten Wattebäuschchen am blauen Himmel. Postkartenidylle.

Die 95 Quadratmeter Segel verhalfen der über neun Tonnen schweren ‚o.li' zu knapp vier Knoten gemütlichen Speed. „In gut dreißig Minuten sollten wir unseren Ankerplatz erreicht haben, wenn ihr denn noch wollt" unterbrach ich die Stille.

„Auf jeden Fall, gerne" sprang der XO gleich darauf an.

„Nur ohne den Distressschalter zu aktivieren" merkte Dildo schläfrig an.

„Wieso?" hakte Claus nach und bereute es kurz danach.

„Da war vor ein paar Jahren ein Skipper vor Fehmarn, der hat seine beste Kluft angelegt, die Distresstaste gedrückt, sich danach die Ankerkette dreimal um den Hals gelegt und ab ins Wasser" erläuterte Dildo. „So etwas nenne ich einen rauschenden Abgang."

Claus rollte genervt mit den Augen und blaffte Dildo an. „Wir wollten hier entspannen. Ich kann und will heute keine Todesgeschichten mehr hören. Ist das deutlich genug?"

„Sieh das mal nicht so durch die strenge Brille, mein Bester" entgegnete Dildo gut gelaunt. *„Übrigens, die Krankenkassen zahlen nicht für Brillen, aber für Viagra! Ergo: Man darf poppen, kann aber nicht sehen mit wem!"*

Die Gesichtszüge von Claus entspannten sich. Normalerweise war er die Ruhe in Person, aber Leichen brachten ihn immer aus dem Konzept. Dildo hingegen sah man Gemütsschwankungen nicht an. Er überdeckte alles mit Humor und ließ erst gar keine schlechten Nachrichten an sich heran, was nicht hieß, dass er sich keine Gedanken machte.

„Wir sind auf Höhe von Groß Schwanensee. Lasst uns die Segel bergen, wir sind gleich am Ankerplatz. XO das Groß und Dildo die Genua" gab ich die Arbeitsteilung vor.

„Ey-ey Skipper." Der XO sprang auf und war dankbar für die Ablenkung. Rasch waren die Segel geborgen und ich steuerte die ‚o.li' unter Motor noch näher Richtung Ufer.

„Bei vier Metern lassen wir den Anker fallen" gab ich Claus mit auf den Weg. Unsere Scalar 40 hatte einen Tiefgang von zwei Meter zehn. "Dann gibt's Du mindestens zwölf Meter Kette." Nach einer knappen Minute stoppte ich auf und gab dem XO das Signal zum Ankern. Ratternd rauschte der Anker an der Kette auf den Ostseegrund. Ich legte den Rückwärtsgang ein und gab einmal kurz Gas, damit sich der Anker im Untergrund fest eingrub.

Dildo, schon in Badehose, aktivierte den Ankeralarm und positionierte sich auf dem Decksaufbau. „Arschkrampe" rief er und klatschte juchzend ins Wasser. Claus löste die Badeleiter und sprang mit einem perfekten Vorwärtssalto hinterher.

Ich kümmerte mich um den Sound. ‚*Himmelblau*' von Schiller fand ich passend.

017

In der schallisolierten Kapitänskajüte von Professor Dr. Michail Medwedew saßen neben dem Professor noch seine zwei wichtigsten Mitarbeiter, die chinesische Neurologin und IT-Expertin Dr. Li Cui sowie der Inder Dr. Krishan Sharma, welcher Chirurg und ebenfalls IT-Experte war. Es hätte für dieses Gespräch keines schallisolierten Raumes bedurft, denn der Professor sprach beinahe so leise, dass einem das Geräusch des Flügelschlags einer Mücke, wie ein Benzinrasenmäher vorkommen musste. Kein gutes Zeichen.

„Ich habe es doch nur gut gemeint" fügte Dr. Sharma kleinlaut an. Er war schließlich ein Wissenschaftler und kein Experte für Leichenentsorgung. Um sein Karma machte er sich keine Sorgen. Zum einen gehörte er bereits seit Geburt der höchsten indischen Kaste an und zum anderen bewirkte diese Arbeit möglicherweise kein schlechtes Karma, da er nur seinen Dharma, seine ihm auferlegte Aufgabe erfüllt hatte.

Mit seinen hellblauen Augen musterte er seine beiden Experten streng. Medwedew wusste, dass er sich zurückhalten musste. Sein cholerischer Anfall gestern, hatte ihn seinen engsten Vertrauten gekostet. Ein Fehler, der nicht mehr korrigierbar war. Die Zeit lief und sie waren nicht die Einzigen, welche auf diesem Gebiet forschten. Sie standen allerdings kurz vor dem entscheidenden Durchbruch und vertrauenswürdige Experten dieses Kalibers, gab es nicht viele. Die Besten hatte er bereits an sich gebunden.

„Das Gegenteil von gut ist gut gemeint! Es war einfach eine idiotische Idee, Dr. Sharma" brummte der Professor. Sie duzten sich untereinander nicht. „Unser Glück ist, dass Sergej nirgends registriert ist. Er existierte überhaupt nicht. Weder zu Lebzeiten noch jetzt in der Hölle." Medwedew lachte und Sharmas angespannte Haltung zeigte Anzeichen von Erleichterung. „Sonst hätten wir die deutsche Polizei ganz schnell auf dem Schiff. Aufsehen erregen wollen wir auf keinen Fall. Gehen sie wieder an ihre Arbeit" beendet er das Gespräch.

Es schien, als käme erst jetzt Leben in die junge Chinesin. Während der gesamten Dauer der dreißigminütigen Zusammenkunft, verlor sie kein Wort. Sie blickte ihn nur mit ihren unergründlichen, jadegrünen Augen an. Vollkommen ausdruckslos. Medwedew konnte beinahe in jeden Menschen hineinschauen, aber bei ihr versagte seine Gabe.

Dennoch war sie für ihn und das Projekt ein Glücksfall. Die Einunddreißigjährige wuchs in London auf, erwarb ihr Abitur im Alter von nur sechzehn Jahren mit summa cum laude. Danach studierte sie in Cambridge Medizin und parallel Informatik. Beide Studiengänge schloss sie mit hervorragenden Leistungen ab. Während ihres Facharztstudiums brachte sie sich, neben ihrer Muttersprache Englisch und erlernten Latein, auch noch Russisch sowie Deutsch bei. Jeweils annähernd akzentfrei. Wo sie die Zeit für ein Physikstudium hernahm, das war Medwedew schleierhaft.

Hochinteressant wurde sie für ihn, als er in Erfahrung brachte, dass sie keinerlei ihm bekannte Familie oder sonstige feste Freundschaften hatte. So genial wie sie auf ihren Gebieten arbeitete, so emotional unterentwickelt erschien sie. Eine normale Kindheit war ihr sicher nicht vergönnt. Er glaubte, sie war asexuell, nur mit der Wissenschaft verheiratet, obwohl Li Cui das Aussehen eines Topmodels besaß. Medwedew sah das als ein Verlust für die Männerwelt, aber als einen glücklichen Umstand für ihn.

Professor Medwedew lernte Dr. Cui bei einem seiner Gastseminare in Cambridge kennen. Dort stach sie aus einer Vielzahl von Studenten heraus, optisch wie auch durch ihre intelligenten Fragestellungen. Das hatte ihn beeindruckt und er lud sie anschließend zu einem Gespräch und zu einer Tasse Tee ein. Zwei Jahre später konnte er sie schnell für dieses Projekt vereinnahmen.

„Was sie wohl noch für Pläne schmiedete" fragte er sich. Ehe er sich die Frage beantworten konnte, stand sie geschmeidig wie eine junge Katze auf, nickte ihm stumm zu und glitt durch die Kabinentür hinaus.

Unergründlich.

018

Ohne Begeisterung begab sich POK Stina Wallison nochmals in das Kellergeschoss der Lübecker Rechtsmedizin. Es gab nicht viele Orte, die ihr zuwider waren, aber dieser gehörte definitiv dazu. Insgeheim hoffte sie, dass Dr. Kevin Roche seine Untersuchungen schon komplett abgeschlossen hatte.

Bevor sie die letzte Zugangstür öffnen konnte, wurde diese aufgerissen. „Oh, Sss.., St.., Stina" stammelte Roche „Ddd.., Du bist schon da" stellte er überrascht fest. „ii.., ich habe erst sp.., später mit Dd.., Dir gerechnet."

„Hallo Kevin. Ich hoffe, Du kannst mir schon einiges sagen" begann Wallison. „Ein paar Ergebnisse wirst Du mir doch sicher vorweisen können. Meine Vorgesetzten und die Presse stehen mir bereits auf den Fußspitzen."

„Stina, zaubern kann ich nicht. Es gibt Untersuchungen, die brauchen einfach ihre Zeit. Da kann ich nichts beschleunigen. Tut mir wirklich leid."

„Trotzdem musst Du einen Zahn zulegen. Lange kann ich die Meute nicht hinhalten."

„Zzz.., Zahn zulegen ist gut. Ich tue was möglich ist und teilweise auch mehr." Das immer blasse Gesicht von Dr. Roche bekam leicht rötliche Flecken. „Weißt Du übrigens wo das herkommt – einen Zahn zulegen?" Roche wartete erst gar nicht ihre Antwort ab. „Um im Mittelalter den Essenstopf über dem offenen Feuer stärker zu erhitzen, stellte man diesen um einen Zacken tiefer. Ww.., wusstest Du nicht – oder?" freute sich Kevin und entspannte sich zusehends.

Ehe Wallison einhaken konnte, fuhr Dr. Roche fort. „Ein paar Erkenntnisse habe ich allerdings."

„Raus damit. Mach es nicht so spannend" ermunterte sie ihn.

„Der Tote ist männlich und wurde offensichtlich in HCI gebadet. Salzsäure" fügte er rasch hinzu, da er Wallisons fragenden Blick sah. Die Haut ist komplett aufgelöst und auch der größte Teil der Muskelmasse, Blutgefäße, etc. ist zu einem undefinierbaren Brei geschmolzen. Allerdings sind nicht alle DNA vernichtet. Aus den Knochen habe ich genug DNA gewinnen können und es lassen sich ein paar Rückschlüsse ziehen." Jetzt war Dr. Roche in seinem Element und er sprach in flüssigen Sätzen.

Stina Wallison übte sich in Geduld. Sie wusste, Kevin war auf seinem Gebiet ein brillanter Kopf, der seinen Spielraum brauchte. Ein wenig merkwürdig, Einzelgänger, aber ein ausgeprägter Querdenker. Perfektionist. Kein Typ mit dem es Stina länger als eine halbe Stunde aushalten konnte. Seinem Berufsstand machte er jedoch aller Ehre.

„Anhand der codierten DNA Sequenzen lassen sich eine Menge Informationen in Erfahrung bringen. Bei seiner intakten Knochen DNA Probe, konnte ich seine Haarfarbe, seinen Haartyp und sogar seine Augenfarbe herausfinden. Borstige dunkelblonde Haare und violette Augen. Dies schließt schon einmal über neunundneunzig Prozent der Weltbevölkerung aus. Nur fünfzehn Prozent aller Menschen haben blaue Augen. Grüne Augen sogar nur knapp zwei Prozent. Violette Augen sind am seltensten. Wir sprechen hier von einer Genmutation und die findest Du an keinen Vierhundert Menschen. Weltweit. Das erhöht die Trefferwahrscheinlichkeit enorm." Dr. Kevin Roche befand sich nun in seinem Element und trug die Fakten präzise vor.

„Alle braunen Augen sind in den tieferen Schichten Blau. Die braune Melaninschicht ist nur eine oberflächliche Überlagerung. Durch Abtragung dieser Schicht, ist es mittlerweile möglich, aus braunen Augen blaue zu ‚zaubern'. Die Auflösung des menschlichen Auges entspricht 576 Megapixeln. Wir blinzeln mit dem Auge rund siebzehn Mal pro Minute, was sich auf 14.000 Mal pro Tag und fünf Millionen Mal im Jahr summiert. Obwohl ein Wimpernschlag nur etwa einhundertfünfzig Millisekunden dauert, dürfte unser Mann hier, kumuliert beinahe vierzehn Monate mit Zwinkern verbracht haben." Kevin grinste Stina an. „Mit anderen Worten, dieser Mensch oder das was noch von ihm übrig ist, dürfte cirka Mitte vierzig gewesen sein."

Stina staunte immer wieder, welches Wissen Dr. Roche inzwischen angesammelt hatte und was die Rechtsmedizin aus wenigen Spuren zusammen tragen vermochte.

„Männer Sehen im übrigen anders als Frauen. Sie sehen alles etwas bläulicher, können schnellere Bewegungen und schwächere Kontraste besser wahrnehmen. Das muss noch ein Relikt aus der Steinzeit sein." Roche lachte ungelenk. „Der Mann war sicher nicht viel länger als einen Meter siebzig gewesen, untersetzter, aber mit kräftigen Körperbau, cirka achtzig Kilogramm schwer. Ziemlich sicher auch ein Osteuropäer sowie der Suizid von heute Morgen."

Es entstand eine kleine Pause.

„Darüber hinaus habe ich eine Isotopenanalyse in München in Auftrag gegeben. Jeder Mensch hat eine eigene Isotopensignatur, also unterschiedlich schwere Atomarten einzelner Elemente. Von Geburt an nimmt man diese durch Nahrung, Luft und Wasser auf. Anhand dieser Untersuchung haben die Kollegen feststellen können, dass unser Mann hier seine Kindheit und auch den größten Teil seines Erwachsenenlebens in Russland verbracht hat. Erst seit knapp einem halben Jahr hat er sich in Deutschland oder im westlichen Nordeuropa aufgehalten. Seine Ernährungsgewohnheiten haben seither einen Bruch erlebt. Er aß mehr Fleisch und Getreideprodukte, so wie es in Deutschland üblich ist. Das zeigen die Werte der Kohlenstoffisotopen eindeutig. Die richtigen Schlüsse musst Du allerdings selber daraus ziehen" beendete der Rechtsmediziner seine Ausführungen.

Stina Wallison bedankte sich und war froh, diesen Katakomben zu entkommen. Draußen sog sie die frische Luft tief ein und gestattete sich fünf Minuten Besinnung, bevor ihre Finger nach den Autoschlüsseln tasteten.

019

Zum späten Nachmittag vertäuten wir die ‚o.li' wieder am Steg. Der Ankertag war herrlich und auch der Puls vom XO bewegte sich im normalen Bereich. Das Schwimmen in der Ostsee hatte ihm offensichtlich gut getan. Sein Teint zeigte die gewohnte gesunde Gesichtsfarbe eines Seglers. Mein Blick streifte über die Uferlinie des Priwallhafen. Das umstrittene Waterfrontprojekt hatte immer noch keine Fahrt aufgenommen. „Zum Glück" dachte ich. Bisher hatte ich noch keinen Entwurf gesehen, der als gelungen bezeichnet werden konnte. „Die Architekten brachten immer nur Bauhauswürfel zustande, ohne jeden Pfiff. Da gibt es das Juwel Priwall mit der einmaligen Chance etwas Besonderes zu schaffen. Etwas, was herausragt aus dem einerlei einfaltsloser Architektur. Etwas, was sich perfekt einfügt in die Küstenlinie und das Auge des Betrachters. Warum soll es hier nicht möglich sein, einen genialen Wurf zu landen, der sich harmonisch in die Landschaft einfügt. Der Investor könnte sich ein Denkmal setzen und nicht ein Schandmal. Letztendlich müssen die Travemünder mit dem Ergebnis dauerhaft leben. Mit ein paar Quadratmetern umbauter Fläche weniger, sollte der Investor auch noch auf seinen Schnitt kommen. Mir war auch nicht verständlich, warum die Lübecker Politik nur auf kurzfristigen Geldzufluss aus war. Die Hochrechnungen seitens der Politik waren samt und sonders mit der heißen Nadel gestrickt. Insofern passten Investor und Politik ausgezeichnet zusammen" sinnierte ich schon zum wiederholten Male.
Mit der rechten Hand fischte ich mein Handy aus der Weste

und tippte eine Nummer ein, welche absichtlich nicht im Speicher hinterlegt war. Stina hatte mir einen Gegenstand zukommen lassen, der sich als eine Art Datenspeicher entpuppte. Der örtliche IT Experte konnte irgendwie Dateien sicherstellen, aber er war nicht in der Lage, diese auszulesen.

Nach dem zweiten Klingeln meldete sich der Teilnehmer unter der geheimen Telefonnummer. „Hallo York, was für eine Freude von Dir zu hören" klang es aus dem Handy.

„Das geht mir genauso. Wir müssen uns wieder einmal auf einen Cappuccino zusammensetzen, mein Freund" erwiderte ich. Daniell Holter hatte ich vor fünf Jahren kennengelernt. Damals, bei dem sogenannten ‚Passatmörder' Fall, hatte er durch eine Schusswunde ein Bein verloren. Er war ein helles Köpfchen und seine Stärken lagen im Computerbereich. Daniell arbeitete im Bereich der Computerkriminalität bei der Polizei in Bremen. Hin und wieder half er mir, knifflige Recherchen, die durchaus im dunkelgrauen Rechtsbereich lagen vorzunehmen. Wir beide nahmen den Standpunkt ein, der Zweck heiligt in besonderen Fällen die Mittel. Warum sollten sich nur die Kriminellen eines technischen Vorsprungs bedienen ?

„Ja, dass sollten wir wieder mal" freute sich Daniell aufrichtig „aber Du hast mich doch nicht nur angerufen, um mich auf einen Cappuccino einzuladen." Dies war mehr eine Feststellung, als eine Frage.

„Ertappt, mein Bester. Ich habe so eine Art Chip kopiert. Nur kann ich die vier kryptischen Dateien nicht öffnen und schon gar nicht lesen. Vielleicht fällt Dir dazu etwas ein. Darf ich Dir diese Dateien und ein Foto des Objektes zukommen lassen ?"

Ich wusste, dass Daniell Spaß an geheimnisvollen Tätigkeiten hatte. Dennoch war ich über seinen Enthusiasmus immer wieder erstaunt. „Jap, schieße das Baby sofort rüber zu mir. Irgendetwas werde ich da schon rausquetschen. Ich melde mich sofort, wenn ich etwas für Dich habe. Vorher muss ich noch ein Handy orten. Bis bald, York."

Ich war sicher, dass er sich in den nächsten zwölf Stunden meldet. Daniell war schließlich einer der besten Hacker im Land. Ich verstaute mein Handy und machte mich auf den Weg in die Vorderreihe, um noch ein paar Kleinigkeiten zu besorgen. In zwei Stunden wollten wir uns mit Stina im Fisch Hus zum Essen treffen. Ich freute mich auf Stina und wollte auf jeden Fall pünktlich erscheinen, abgesehen von meinem bereits knurrenden Magen.

Die ‚Mary' setzte mich wieder vom Priwall zur Vorderreihe über. Nach wenigen Minuten erreichte ich das Ende der Straße. Hier befand sich meine Hausbank.

020

Vorschriftsmäßig bremste Stina Wallison ihren Dienstwagen auf sechzig Stundenkilometer ab. In jeder Fahrtrichtung, auf der B75 in Kücknitz, standen fünf scharfe fest installierte Blitzer. Auswärtige tappten regelmäßig in diese Falle. Für Ortskundige ist so ein Treffer natürlich ein Fauxpas erster Güte. Der Spott der Kollegen ist jedem Erwischten sicher. Stina grinste in sich hinein. Ihr Kollege Hans brachte es schon auf zwei ‚Beweisfotos' in diesem Jahr – ohne Einsatzfahrt natürlich.

Sie ging noch einmal die neuesten Erkenntnisse durch. Zwei Tote, offenbar russischer Herkunft. Ganz schön viele im beschaulichen Travemünde. Zu viele.

Wallison fasste spontan einen Entschluss. Sie rief kurzerhand ihren Kollegen PM Malt Scheel an, übermittelte ihr Anliegen und verabredete, dass sie sich in fünfzehn

Minuten am Auto-fähranleger in Travemünde treffen. Seit Monaten lag die Motoryacht ‚Ycnex' am Rosenhof und der Eigner war Russe. Vielleicht, so ihr Gedanke, konnte er ihr einen Tipp geben. Oft sind Menschen im Ausland untereinander vernetzt oder zumindest hören sie mehr, als Außenstehende. Ein Schuss ins Blaue, aber ein kleiner Ansatz befand POK Wallison.

Stina stellte den Vito ab und ging auf Malte zu, der schon am Anleger stand. „Ich habe schon zwei Fahrkarten gelöst. Bei den Preisen wird es sicher einen Kaffee dazu geben" flachste Malte.

„Die Überfahrt gilt immer noch als eine der teuersten Kreuzfahrten der Welt, allerdings ohne jegliche Verpflegung oder sonstige Annehmlichkeiten. Im Allgemeinen spricht der Volksmund hier von moderner Wegelagerei." Stina zuckte mit den Schultern.

Sie warteten noch ab, bis die ankommende Fähre ‚Priwall' sich geleert hatte und setzten dann zum Rosenhof hinüber. Die Motoryacht lag wie immer fest vertäut an der Rosenhof Brücke. Im Hintergrund lag die exklusive Seniorenwohnanlage auf dem ehemaligen Gelände der Schlichting Werft. Wie drei dicke Finger ragten die Enden des großen Bauwerks zur Wasserseite, worin sich die teuersten Apartements befanden. Auf den drei Dächern der Anlage wehten die Fahnen des Rosenhofes. Ein eingekreistes großes ‚R' in gelb auf blauen Hintergrund.

Wallison machte am Schiff vier Überwachungskameras aus. Nicht ungewöhnlich für diese Art von Schiffen. Kaum standen sie am Schiff, öffnete sich eine massive Seitentür und ein breitschultriger Steward füllte den Türrahmen aus. „How can I help you ?" vernahm sie seine abweisend klingende Stimme.

„Vielleicht lag es auch an dem ruppigen russischen Dialekt" dachte Wallison. Sie antwortete ebenfalls auf Englisch und stellte sich und ihren Kollegen vor. Dabei zeigte sie ihren

Dienstausweis und bat um ein Gespräch mit dem Eigner. Einen Namen hatte sie hierzu nicht. Wallison hatte im Vorfeld gehofft, eine relevante Information aus dem Schiffsregister zu erhalten, aber die Eintragung lief auf eine Offshore Gesellschaft mit Sitz auf den Cayman Islands. Diese Gesellschaft entpuppte sich jedoch schnell als verschachtelte Sackgasse. Sie wussten bisher nur, dass auf dem Schiff ein paar Russen lebten. Mehr nicht.

Der Steward nickte kurz und brummte etwas, dass sie als „wait" deuteten. Die Tür verschloss er hinter sich. Nach endlosen fünf Minuten öffnete sich die Tür wieder.

Ein Typ wie ein Bär in einem Maßanzug verpackt, erschien leichtfüßig an Deck. Im geschliffenen Deutsch begrüßte er Wallison und würdigte ihrem Kollegen Malte keines Blickes. „Professor Dr. Michail Medwedew" stellte er sich vor. Welchen Umstand habe ich es zu verdanken, dass sie mir ihre Ehre erweisen, Frau Oberkommissarin Wallison?" Er schüttelte ihr die Hand mit seiner ausgeprägten Pranke.

„Wir" und Wallison betonte das ‚wir' deutlich „wir möchten uns gerne mit ihnen unterhalten. Vielleicht können sie uns in einem Todesfall weiterhelfen." Sie beschränkte ihr Anliegen vorerst nur auf den Toten in der Trave.

„Todesfall?" Der Professor schien bestürzt. „Wir haben schon seit Jahren keinen Todesfall mehr in unserer Familie gehabt. Zum Glück" fügte er jovial an. „Kommen sie doch bitte an Bord. Ich habe nichts zu verbergen."

Er führte sie durch einen schmalen Gang mit lauter verschlossenen Kabinentüren bis in den Salon. Eine attraktive Asiatin blickte sie ausdruckslos an. „Tolle grüne Augen" registrierte Wallison im Stillen. Die Frau verschwand mit einem Klemmbrett unter dem Arm ohne einen Ton zu sagen.

„Sie brauchen sich auch nicht zu erschrecken. Unsere Ermittlungen erstrecken sich auf einen unbekannten Toten in der Trave, welcher nach unseren Erkenntnissen russischer

Herkunft ist - genau wie sie" fügte sie nach einer kurzen Pause an.

Medwedew lachte auf. „Frau Oberkommissarin. Wenn das Leben immer so einfach wäre, dann gäbe es keine Probleme. Es gibt Millionen von Russen, die kann ich nicht alle kennen. Da stimmen sie mir doch zu. Ich lebe hier ziemlich zurückgezogen und ich vermisse auch keine Mitarbeiter. Da werde ich ihnen nicht weiterhelfen können."

Wallison ließ den Blick durch den Raum schweifen. Eine gediegene maritime Ausstattung befand sie. So wie man es auf so einem Schiff erwarten konnte. Die Fenster gaben den Blick auf die gut besuchte Vorderreihe frei. Vor dem Cafe ‚Accapella' schienen alle Außenplätze belegt. Die Wände waren überwiegend schlicht gehalten. Ihr Auge blieb an einer hängenden Skulptur haften. Sie stutzte unmerklich. Ein ‚allsehendes Auge' blickte sie an. Wie auf dem ansonsten anonymen, mysteriösen Briefumschlag.

„Zufall ?" ging es ihr durch den Kopf. „Seltsam allemal" urteile sie und beschloss den zweiten Todesfall ins Spiel zu bringen. „Haben sie von dem jungen Mann gehört, der vom Maritim Hotel in den Tod gesprungen ist ?"

Stumm fragend blickte der Professor Wallison an. „Dieser junge Mann war auch Russe." Sie ließ den Satz ein wenig nachwirken und beobachtete, wie sich die hellblauen Augen des Professors unmerklich verdunkelten.

„Meine liebe Frau Kommissarin" seine Stimme klang nun deutlich kühler „ich habe einen anstrengenden Tag hinter mir und meine Zeit ist kostbar. Wieso sie der Meinung sind, dass ich mich hier um die Tausende von Russen kümmern sollte, welche hier im weiteren Umkreis leben, ist mir schleierhaft. Trotzdem schade, dass ich ihnen nicht helfen konnte" beendete er das Gespräch und stand auf. „Vielleicht ergibt sich ein anderes Mal ein ergiebigeres Gespräch. Gerne auch bei einem Glas Wein" wandte der Professor sich Wallison direkt zu. Seine Stimme klang wieder zuvorkommend. So, als wäre sie nie anders gewesen.

Hier war vorläufig nichts mehr zu holen. Sie standen ebenfalls auf und wendeten sich dem Ausgang zu. „Eine Frage noch" nahm sie den Faden noch einmal auf. „Wissen sie, wie viele Menschen violette Augen haben ?"

Die Frage tropfte an Medwedew wie an Teflon ab. „Der Steward wird ihnen den Weg zeigen" erwiderte er nur ausdruckslos.

POK Stina Wallison war nicht unzufrieden mit dem Besuch.

Michail Medwedew blieb nachdenklich im Salon zurück. „Diese Kommissarin ist wie ein Trüffelschwein, aber sie fischte nur im Trüben. Dennoch!" Früher erledigte er solche Hürden final. Heute löste man so etwas subtiler, aber nicht weniger effektiv.

Er nahm sein Telefon zur Hand und wählte eine Nummer in Berlin.

021

Es war Mittwoch und die Volksbank hatte schon geschlossen. „Zum Glück gibt es Geldautomaten" murmelte ich vor mich hin. Nach Eingabe der PIN und der Höhe des Geldbetrages, spuckte der Automat zügig die angeforderten zweihundert Euro in gestückelten Scheinen aus.

Mein Ziel war ursprünglich noch im Pier 27 hineinzuschauen. Der Bekleidungsshop schloss zu meinem Bedauern im September und verkaufte seine Textilien mit erheblichen Preisnachlässen, um das Lager leer zu bekommen. Zumindest blieb mir die tolle Verkäuferin erhalten. Sie wechselt zu

ANNA Modetrends. Dort sind sie auf modische, lässige und sehr feminine Damenoutfits spezialisiert. Natürlich bin ich nicht die Zielgruppe, aber so kann sie mich prima beraten, wenn ich für Stina etwas Passendes suche.

Soweit kam ich aber nicht. Zwei Shops weiter, nach der Volksbank, winkte mir Frieda zu, die Inhaberin von ‚Fritid', was Plattdeutsch oder Dänisch war und ‚Freizeit' hieß. „Hallo York, warst Du heute Segeln ? Bei dem herrlichen Wetter" schob sie gleich nach.

„Wir haben einen tollen Ankertag verbracht. Schwimmen und einfach die Seele baumeln lassen. Was ist dies denn für eine schöne Segelshorts ? Hast Du die auch in meiner Größe im Stock ?"

„Klasse, nech ? Das ist die Pelle P.etterson Kollektion vom gleichnamigen schwedischen Olympioniken und Starbootsegler. Die Textilien sind hochfunktionell und in toller Qualität. Schaue sie Dir einmal in Ruhe an." Sie griff ins Regal und zeigte mir drei verschiedene Modelle in meiner Konfektionsgröße. „Die habe ich in Deiner Größe sogar noch einmal in langer Ausführung." Sie huschte für einen Moment ins Lager und kam grinsend zurück. „Sach ich doch. Da ist das gute Stück" Sie wedelte mit der langen Hose vor meiner Nase. „Der Petterson hat unter anderem auch Segelboote konstruiert und das Volvo Coupe` 1800. Übrigens, schaue einmal hier. Ich führe jetzt auch ein wenig maritimes Zubehör, wie Tampen, Schäkel, Rettungswesten, etc. Back to the roots. Mein Vater betrieb jahrzehntelang ein Bootsausrüstergeschäft. Dort wo jetzt die Volksbank drin ist. Die Umkleide ist gleich links."

Ich probierte zwei von den Hosen an. „Schade" sagte ich zu ihr und registrierte eine leichte Enttäuschung in ihrem Gesicht. „Schade" wiederholte ich „sie passen beide ausgezeichnet. Ich muss dann wohl die Beiden nehmen" grinste ich. „Allerdings muss ich mit EC-Karte zahlen. Ich habe zwar gerade Geld abgehoben, aber zum Essen gehen reicht es sonst nicht mehr."

Rasch war der Kauf erledigt. Ich schaute auf die Uhr. Es wurde Zeit, dass ich mich zum Fisch Hus aufmachte, was sich in unmittelbarer Nähe befand. Für den Pier 27 war die Zeit zu knapp. Schon kurz vor der Fleischerei Lohff hörte ich eine laute und schrille Stimme. Das konnte nur Hasso sein. Er war ein wenig schwerhörig und sprach deshalb so laut.

„...da bin ich nach dem Segeln, also meine ‚Amore' ist sooo ein tolles Schiff. Nur mit dem Vorsegel ist das vielleicht los gerauscht." Er unterhielt, teils zusammenhanglos, die halbe Strasse. „Naja, da spricht mich also diese Frau an und ich, naja" seine Stimme schwoll noch mehr an „ich habe ihr gleich gesagt, ich bin ver-hei-ra-tet ! Ha, ha, ha. Früher, da..." Hasso schüttelte sich vor Lachen und ließ den Satz unvollendet in der Vorderreihe stehen. „Ich muss jetzt nach Hause zu meiner Marion und..."

Ich schlenderte weiter und betrat das Fisch Hus pünktlich um achtzehn Uhr.

022

Nach dem Telefonat und einiger Recherchen, bestellte Professor Medwedew seine Mitarbeiterin Dr. Li Cui in den Salon. Mit wenigen Sätzen erläuterte er ihr seinen Plan. Die Kommissarin Stina Wallison sollte emotional abgelenkt werden, damit sie nicht so konzentriert weiter Stochern konnte.

Hierzu kam sie ins Spiel. Li Cui sollte mit dem Freund der Kommissarin eine Liaison anfangen. „Es sollte Dir bei Deinem Aussehen nicht schwer fallen, einen schnellen Kontakt herzustellen und diesen zu intensivieren. Er heißt Jörg Illmer und hat eine bewegte Vergangenheit, wenn Du verstehst was ich meine." Die grünen Augen der Chinesin blitzten auf. Ehe sie etwas erwidern konnte fuhr Medwedew fort. „Die Kommissarin kann dem Projekt gefährlich werden. Es ist also für die Sache. Darüber hinaus hast Du etwas gut zu machen. Du hast die stümperhafte Entsorgung von Sergej mitgetragen." Seine Tonlage ließ keinen Widerspruch zu.

Li Cui sah ihn jetzt wieder ausdruckslos an. „Ich habe leider kein Bild von Illmer im Netz auftreiben können, aber er lebt auf der Segelyacht ‚o.li.' im Passathafen. Da wird es Dir ein leichtes sein, ihn ausfindig zu machen. Sein Nickname ist York. Bagger ihn an und verführe ihn nach allen Regeln der Kunst. Je eher, je besser. Den Rest überlasse einfach mir" beendete er seinen Monolog.

Mit gemischten Gefühlen zog sich Dr. Li Cui in ihre Kabine zurück. Sie hatte schon seit drei Jahren keinen Sex mehr gehabt, dennoch war sie sehr erfahren mit dem männlichen Geschlechtsgenossen. Nur, dass war ihr gut gehütetes Geheimnis. Schnell schlüpfte sie in ein ihr schmeichelndes Kleid und die passenden roten Schuhe.

„Okay. Siebzehn Uhr. Let's go" spornte sie sich an.

023

„Deine Freunde sitzen schon im Wintergarten" begrüßte Segel Peter mich herzlich und deutete mit einer Hand zu dem hinteren Ende des Restaurants.

Stina, Claus, Gib und Jürgen saßen schon angeregt plaudernd am Tisch. Nur Dildo fehlte noch. Ich wunderte mich. Da war ich super pünktlich und dennoch der Vorletzte. „Warten wir noch auf Dildo oder bestellen wir schon?" Ich blickte in die Runde.

"Der hat sich noch nicht gemeldet und geht auch nicht an sein Handy. Ich bin dafür die Bestellung aufzugeben. Der kann sowieso schneller essen als ich" stellte der XO klar.

Stina orderte die Scampi spanischer Art und wir vier Anderen entschieden uns, wie immer, für die gemischte Fischplatte. „ich hoffe, ihr habt den schönen Tag genossen?" erkundigte sich Stina und fügte gleich an: „Unsere zwei Todesfälle nehmen uns ganz schön in Anspruch. Zweimal durfte ich heute in meine Lieblingsgruft, der Rechtsmedizin." Sie rümpfte die Nase. „Da gibt es keinen Sonnenschein. Nur Kunstlicht, Kälte und üble Gerüche. Manchmal ist mir unsere Arbeit zuwider. Ein unappetitliches Business..."

„Business?" regte Odin sich auf. „Das ist doch kein Business. Damit kann man nicht reich werden. Allerhöchsten reich an Erfahrung."

„Sei nicht so spitzfindig, Odin" erwiderte ich.

„Ist doch aber wahr. Dieser ganze Apparat ist doch viel zu aufgebläht. Allein diese immensen Kosten" redete er sich in Rage. „Was ist Business?" fragte Odin plötzlich spitzbübisch. Ich gebe euch einmal ein Beispiel:
Vater: „Ich werde dich mit einem Mädchen meiner Wahl verheiraten!"
Sohn: „Nein!"
Vater: „Es ist die Tochter von Bill Gates!"
Sohn: „Dann... Okay!"
Vater geht zu Bill Gates
Vater: „Ich will meinen Sohn mit deiner Tochter verheiraten!"
Bill Gates: „Nein!"
Vater: „Er ist der Geschäftsführer der World Bank!"
Bill Gates: „Dann... Okay!"
Vater geht zur World Bank
Vater: „Ich will, dass sie meinen Sohn als Geschäftsführer einstellen!"
World Bank: „Nein!"
Vater: „Er ist der zukünftige Sohn von Bill Gates!"

World Bank: „Dann... Okay!"

Odin griente. „Versteht ihr? Das ist Business!"

„Odin, entspanne Dich. Du kannst doch nicht jedwede Aktion auf Erträge herunter brechen. Das Leben hat auch so viel zu bieten oder erfordert Engagement, was einfach nur Geld kostet, wie zum Beispiel soziale Komponenten. In der Regel sollten da keine Erträge realisiert werden" beruhigte Jürgen ihn mit seiner ausgleichenden Art.

„Ich nehme schon einmal einen Friesengeist" versuchte Claus abzulenken.

„Ich weiß nicht, was ihr so am Alkohol findet. Ich mag das Teufelszeug überhaupt nicht" hakte Odin gleich wieder ein.

„Meine Ex hat mir immer gesagt: Alkohol ist dein Feind, aber schon Jesus sagte: Liebe deinen Feind." Claus schaute kurz in die Runde. „Problem gelöst" feixte er. „Du hast doch sicher auch schon von dem Regenwurmexperiment gehört?" Ich merkte dem XO an, dass er wieder auf dem Damm war.

Odin schaute ihn verständnislos an und Claus begann mit seiner Story. „Also, es wurden vier Regenwürmer in verschiedene Gläser verteilt:
Der erste Regenwurm kam in ein Glas Alkohol.
Der zweite Regenwurm kam in ein Glas Zigarettenrauch.
Der dritte Regenwurm kam in ein Glas mit Sperma.
Der vierte Regenwurm kam in ein Glas mit Obst, Gemüse und Erde.
Das Ergebnis nach einem Tag:
Erster Wurm tot.
Zweiter Wurm tot.
Dritter Wurm tot.
Vierter Wurm quicklebendig.
Was lernen wir daraus?
Solange wir saufen, rauchen und vögeln, bekommen wir keine Würmer..."

Bis auf Odin stimmten wir ihm vergnügt zu.
Jürgen lenkte unsere Aufmerksamkeit auf die Trave. „Schaut einmal, die ‚Nordlyset' fährt da. Der schöne Marstalschoner ist von 1894 und der älteste Zweimastschoner Dänemarks. Mit seinem Klüver hat er eine Länge von über 32 Meter und eine Segelfläche von 340 Quadratmeter. Ein tolles Schiff."

Mittlerweile wurde das Essen gereicht. „Ich habe gerade festgestellt, hier könnte ich tausend Jahre alt werden..." merkte Jürgen an „Guten Appetit." Offensichtlich schmeckte es allen, denn ohne weitere Gespräche nahmen wir das Essen ein.

Stinas Telefon unterbrach die Stille. Freundlich meldete sie sich, aber je länger das Gespräch dauerte, um so finsterer wurde ihre Miene. „Das stinkt doch zum Himmel, Herr Staatsanwalt" blaffte Wallison wütend in das Handy „dass müssen doch selbst SIE erkennen!" Ohne ein weiteres Wort beendete sie das Telefonat.

Ich schaute sie an und konnte in ihrem Gesicht lesen, dass sie Druck von höherer Stelle bekommen hatte. „Diese Sesselfurzer" begann Stina ungewohnt vulgär. „Lauter Irre. Kaum dass ich aus der Tür bzw. von Bord der ‚Ycnex' bin" sie nickte in Richtung der Motoryacht „da bekomme ich schon einen Anruf von der Staatsanwaltschaft, dass ich mich mit den Ermittlungen mehr zurückhalten möge und unter anderem den Suizid als abgeschlossen betrachten soll. Es lägen keine Indizien vor, dass an einem Suizid gezweifelt werden kann. Die Direktive kommt vom Innensenator persönlich. Das stinkt doch gewaltig! Da hat jemand sehr gute Beziehungen nach ganz oben" empörte sich Stina. „Ich glaube eher, ich habe in einem Westennetz gestochert und einige Personen aufgeschreckt." Nachdenklich fügte sie an: „Nur kann ich leider noch kein Muster erkennen."
„Es ist immer wieder spannend, welche Interessen von der Politik verfolgt werden und warum" warf Gib ein. „Wenn man im Wort REGIERUNG die Buchstaben vertauscht, erhält man die Worte GENUG IRRE..."

„Das stimmt. Politik ist Seemannsgarn für Erwachsene" beteiligte sich Claus am Gespräch. „Wenn man allein die Überregulierungen beachtet. Die zehn Gebote in der evangelischen Kirche enthalten zum Beispiel 81 Wörter. Die amerikanische Unabhängigkeitserklärung 1.179 Wörter und die Verordnung der EU über die Vermarktungsform für Tomaten exakt 1.596 Wörter. Bald wird sicherlich auch noch die Menge der Atemluft per EU Erlass reguliert werden."

„Welchem Politiker kann man denn noch Vertrauen schenken ? Die Politik soll uns den Rücken freihalten und nicht unsere Ermittlungen torpedieren oder gar unterbinden" beschwerte sich Stina.

„Politik und Vertrauen schließt sich praktisch aus ! Das war schon immer so und wird auch immer so bleiben. Macht, Eigennutz und Korruption. Der Faktor Mensch ist immer der Schwachpunkt. In den ‚Dritte' Weltländern ist das häufig offensichtlich. Bei uns geschieht dies meist viel subtiler, aber auch hier wird die Wahrheit teilweise an die Oberfläche gespielt, wenn auch sehr zäh. Allein die letzten zwölf Monate gab es bei uns im Lande ja etliche Megaskandale. Ich schätze, wir sehen nur die Spitze des Eisberges. Prost !" Ich erhob mein Glas und schob nach: „Stina, wenn jemand einen Stein nach Dir wirft, dann werfe eine Blume zurück. Nimm aber immer die mit dem schwersten Topf."

Stina schaute mich fragend an. Sie wusste, dass ich manchmal unkonventionelle Wege ging.

„Man muss nur die richtigen Schlüsse ziehen oder die richtigen Quellen anzapfen." Ich zuckte unschuldig lächelnd die Schultern.

„Lasst uns noch auf einen kurzen Absacker zum Winkler". Wer kommt mit ?" fragte Claus. Odin blickte ihn verständnislos an an. „Das 'kleine Winkler' ist so eine Art Geheimtipp in Travemonte. Manche sprechen auch von einer ‚Tanke'. Dort versorgen sich Teile der älteren Generation mit Schnaps. Vielleicht sind deshalb hier so Viele so gut drauf und halten sich nicht unbedingt an die Verkehrsregeln" scherzte Claus.

„Gibt es da auch Schokolade?" wollte Odin wissen.

„Ich denke Du bist pappsatt und kannst partout nichts mehr essen?" hakte ich nach.

„York, satt heißt nicht, das keine Schokolade mehr reinpasst. Außerdem esse ich nicht einfach Schokolade. Ich gebe Kalorien ein zuhause." Odin strahlte über das ganze Gesicht.

„Ich muss mich jetzt leider verabschieden und zurück an Bord der ‚Blue Marlin'. Meine Stockholmtour bedarf noch einiger Vorbereitungen." Jürgen erhob sich. „Vielleicht schafen wir es bis zum nächsten Wochenende noch, bei mir an Bord meinen berühmten ‚Blue Marlin Cocktail' zu probieren. Ihr seit herzlich dazu eingeladen."

„Das hört sich toll an. Vielleicht können wir Rübe dazu bewegen, ein wenig mit seinem Saxophon aufzuspielen" regte ich an. „Ich kümmere mich darum." Wir verabschiedeten uns und wechselten auf die andere Straßenseite zum Weinlokal.

024

Mit einer Nagelschere stutze Dildo seine Augenbrauen zurecht und sprühte sich anschließend etwas Eau de Toilette an den Nacken sowie an die Handgelenke. Er stülpte bereits den Verschluss auf den Flacon, als er kurz innehielt. Rasch öffnete er das Gefäß wieder und gönnte sich einen Sprühstoß im Genitalbereich. „Für alle Fälle gerüstet" pflegte er immer zu sagen.

Anschließend schnappte er sich seine leichte, orangefarbene Sommerjacke von Napapijri, die so gut zu seinem hellblauen Hemd passte. Er musste sich beeilen, damit er pünktlich zum Fisch Hus kam. Sein Magen erinnerte ihn schon knurrend. Den Niedergang verschloss er und aktivierte die Alarmanlage, das heißt er wollte die Alarmanlage aktivieren.

Stattdessen starrte Dildo auf die Erscheinung direkt vor ihm am Steg. Alle seine Alarmglocken schlugen an und sein Jagdinstinkt erwachte zum Leben. Dennoch traute er seinen Augen nicht. Ein anmutiges Wesen mit atemberaubenden Kurven, in einem perfekt sitzenden grünen Kleid, schaute ihn entschuldigend an. Ästhetik pur. Er wusste, er hatte sich genau in diesem Moment unsterblich verliebt.

„Ich bin auch so etwas von ungeschickt" hörte Dildo eine samtweiche Stimme.

Sein Blick glitt die Hüfte abwärts, an ihren perfekten Beinen hinab, bis zu den blutroten Stöckelschuhen. „Ein Traum" murmelte er. Einer der Schuhe steckte offensichtlich mit dem Absatz in einer Bohle fest. „Moment" rief er und sprang federnd von Bord auf den Steg. „Darf ich Ihnen zu Hilfe eilen, junge Dame?" fragte er galant, nachdem er sich von der ersten Überraschung erholt hatte. Sie sah so hilflos in seinen Augen aus.

Dankbar lächelte sie Dildo an. „Das ist zu freundlich von Ihnen. Ich habe gar nicht weiter darüber nachgedacht, als ich ihr Schiff sah und es gerne aus der Nähe betrachten wollte. Ich liebe Segelboote mit viel Holz und einer Scalar 40 begegnet man nicht so häufig." Ihre Kenntnis sowie akzentfreies Deutsch erstaunte ihn ein wenig.
Er befreite den eleganten Schuh von der derben Bohle und wog ihn in seiner Hand. „Leider hat der Absatz bei dieser Aktion gelitten." Dildo zeigte ihr den wackeligen Absatz und sah das erste Mal in ihre smaragdgrünen Augen, „Wahnsinn" durchfuhr es ihm, aber er sagte: „Damit werden Sie nicht weit kommen." Er lächelte sie freundlich an, als er ihr enttäuschtes Gesicht sah. „Ich mache Ihnen einen

Vorschlag. An Bord habe ich einen guten Kleber. Für Ihren Rückweg sollte das reichen."

„Ich möchte aber keiner Umstände machen" wehrte sie im ersten Moment noch ab, aber da bot Dildo ihr schon seine Hand an und half ihr an Bord. So elegant wie sie aussah, so katzenähnlich sicher bewegte sie sich an Bord. Seinen Termin hakte er innerlich gerade ab. Er registrierte, dass sie das Messingschild mit den Bootsdaten und dem Eignernamen las. „Sie heißen York?" fragte sie eher beiläufig.

Dildos Gedanken rasten. Vorerst ging er auf ihre Frage nicht weiter ein. Das konnte einen Moment warten. Später konnte er das beiläufig korrigieren. Stattdessen erkundigte er sich, ob er ihr einen kleinen Drink anbieten durfte. Sie willigte ein. Während er einen leckeren Aperol Sprizz mixte, sah sie sich interessiert im Salon um.

„Entschuldigen Sie, dass ich mich noch nicht vorgestellt habe. Mein Name ist Dr. Li Cui, aber nennen Sie mich doch einfach Cui." Ihre smaragdgrünen Augen blickten ihn verzaubernd an.

Wie aus einem anderen Mund, hörte sich Dildo sagen: „Oh, wie unhöflich von mir. Jörg Illmer. Bitte nennen Sie mich York. So nennen mich alle meine Freunde." Er wunderte sich über sich selbst. So dreist war er noch nie vorgegangen. Eine fremde Identität annehmen und dann noch von einem seiner besten Freunde. „Dies ist aber sozusagen ein Notfall. Ergo eine Notlüge" rechtfertigte er sein Vorgehen. „York wird das schon verstehen" beruhigte er sein schlechtes Gewissen. „Angriffsmodus auf das höchste Level" motivierte Dildo sich stumm. „Hierfür gibt es keine Generalprobe. Live Improvisation ist alles. Es ist das pralle Leben. Verpass es nicht!" Sein komplettes System lief auf Hochtouren. Mit dem iphone startete er die Boseanlage. Die Chillversion *Sunny Tales*' von Sunlounger erklang im Hintergrund.

Dr. Li Cui freute sich innerlich. Diese Arbeit schien einfach zu werden und dazu fand sie zunehmend Gefallen an York.

Obwohl sie mit ihrem Megaprojekt kurz vor ihrem Durchbruch standen, genoss sie die unerwartete Ablenkung. Zu lange hatte sie sich nur auf ihre wissenschaftlichen Arbeiten konzentriert. Cui ließ York noch ein wenig zappeln und ‚ergab' sich seinem Charme nach einer guten halben Stunde. Aus zarten, scheinbar zufälligen Berührungen wurde mehr und ehe sie sich versah, küsste York erst ihren schlanken Hals und arbeitete sich fordernd weiter zu ihren roten Lippen. Ein wenig enttäuscht war sie schon, dass sich York, obwohl in einer festen Beziehung mit der schönen Kommissarin, so schnell einwickeln ließ. Spätestens bei dem gefühlvollen Zungenkuss, registrierte sie verwundert, dass sich in ihrem Körper unerwartete Gefühlsregungen bemerkbar machten.

Dildo spürte instinktiv das ungestillte Verlangen der Asiatin, schon bevor sie es sich eingestand. Ihre intimen Berührungen steigerten seine ohnehin vorhandene Lust beträchtlich. Sie wusste genau, wie sie ihn nehmen musste. Er gab jede Zurückhaltung auf und mit seinen Fingern zog er den leichtgängigen Reißverschluss auf. Das Kleid glitt lautlos von ihrem Körper. Derweilen nestelte sie geschickt am Bund seiner schwarzen Levis Jeans. Bei beiden erhöhte sich der Puls. Sie hatten das Gefühl, dass ihr Herzpochen am ganzen Steg zu hören sein musste. Die Atmung wurde keuchender und die Küsse intensiver. Leichten Schrittes dirigierte er sie dabei spielerisch zu seiner Koje und streifte seine letzten Kleidungsstücke ab. Seine Hände strichen erst über ihren Rücken und arbeiteten sich langsam zu ihren kleinen Brüsten vor. Von dort wanderten sie über ihren flachen Bauch zu den Schenkeln. Ehe Dildo sich versah, drehte die zarte Cui ihn mühelos auf den Rücken und setzte sich rittlings auf ihn. Sie vollführte in langsamen, rhythmischen Bewegungen einen Tanz auf und mit Dildos Körper. An seinem Nacken drückte sie zwei Punkte so intensiv, dass er meinte einen Stromschlag zu erleiden. Im ersten Moment blieb ihm die Luft weg, um gleich danach einem wohligen Kribbeln zu weichen. Dildos Zunge gab ihr die erotische Antwort auf ihrer samtenen Haut. Stöhnend vor lustvoller Qual erlebten beide eine rauschende Stunde.

Nachdem Cui dreimal zum Höhepunkt gelangte, erlebte Dildo bei ‚*Sandstorm*' von Darude, seinen intensivsten Orgasmus im bisherigen Leben – und das waren eben nicht wenige.

Ermattet kuschelten sich beide aneinander und spürten dem Erlebten nach. Der Atem normalisierte sich wieder, aber das Herzklopfen blieb. Bei beiden. „*Surround me with your love*' säuselte die beruhigende Stimme von Coralie Clément zusammen mit dem Sound von Blank & Jones. Der Schweiß trocknete auf ihren Körpern. Cui fuhr langsam mit der Zungenspitze an seinem Hals entlang. Er erzitterte und sog ihr liebliches Parfum ein.

„Einfach Magic" schwelgte Dildo in Gedanken und strich Cui behutsam ein paar Haare aus dem Gesicht. „Ich glaube, mit Dir möchte ich alt werden." Sie lächelte ihn bezaubernd an, als wenn sie in seinen Gedanken lesen konnte. Hunger verspürte er nicht mehr. Dafür flatterten mehrere tausend Schmetterlinge in seinem Bauch. „Dino Hopf" sprach er zu sich „mit 29 Jahren darf es schon eine feste Bindung für Dich geben." Er grinste schief bei der für ihn ungewohnten Fantasie.

Ciu entschuldigte sich, um auf die Bordtoilette zu gehen. Bewundernd blickte Dildo ihrer grazilen Erscheinung hinterher. Er hoffte auf ein Wiedersehen, allerdings vorerst nicht an Bord. Dort musste er sie fernhalten. Das ‚kleine Missverständnis' wollte er jetzt nicht gleich aufklären. Das durfte noch ein wenig warten. „Was sind schon Namen ? Nur Schall und Rauch. Ein geeigneter Augenblick wird sich in der nächsten Zeit schon finden." Offensichtlich hatte Cui ihr Handy mit auf der Toilette. Unschlüssig, mit dem Handy in der Hand, saß Cui auf dem WC. Ein wenig Melancholie durchzog sie. Ein bereits ver-loren geglaubtes Gefühl breitete sich wärmend in ihrem Kopf aus. In den vergangenen Jahren hatte sie jegliche Emotionen erfolgreich ausgeklammert. Ihr ganzer Fokus lag auf dem Projekt. Sie verscheuchte die träumerischen Gedanken, ehe sie sich bei ihr einnisten konnten. „Dies ist nur ein Teil meiner Arbeit" murmelte Cui. Schnell tippte sie eine Nachricht an Professor Medwedew ein und drückte auf senden. Den Text löschte sie sofort wieder. Danach betätigte Cui die elektrische Spülung.

Das typische Geräusch von Tasteneingaben registrierte er nebenbei. „Wahrscheinlich versendet sie gerade eine WhatsApp Nachricht an eine Freundin. Ein gutes Zeichen" beglückwünschte sich Dildo.

Innerhalb zehn Minuten waren beide wieder soweit hergestellt, dass sie sich auf den Weg machen konnten. Kurz bevor Dildo die Musikanlage ausstellen wollte, erklang ‚*Ich liebe Dich*' von Clowns & Helden. „Eine Prophezeiung?" fragte er sich.

Tatsächlich verabredete Ciu sich mit ihm für den nächsten Tag zum Frühstück in der Kaffeebar Lichtblick im Alten Brauhaus. Sein Herz machte einen Luftsprung. So ein intensives Gefühl hatte er schon ewig nicht mehr gespürt.

Sein Magen knurrte jetzt doch.

025

„Darf es ein Flammkuchen zum Grauburgunder sein?" wurden wir gefragt, nachdem wir jeweils auf einem hohen Hocker Platz genommen hatten. Wir verneinten und beließen es bei dem Wein. Odin bestellte sich eine Apfelschorle. Das Lokal war gut besucht. Wir hatten Glück, da wir noch den letzten freien Tisch ergattert hatten. Die nächsten Gäste traten bereits ein. Aufdringliches Aftershave waberte in meine Nase und lenkte meine Aufmerksamkeit dem Nachbartisch zu, wo sich ein älteres Paar leise stritt. Unserer guten Laune tat dies aber keinen Abbruch. Gib gesellte sich wieder zu uns. Er hatte draußen eine Pfeife geraucht.

Odin erzählte gerade von seinem 85-jährigen Vater, der im März einen Fahrradunfall erlitt. Sein vor zwei Monaten operiertes neues Knie musste wieder behandelt werden. An einer roten Ampel hielt er sich lässig am Pfahl fest, ohne vom Rad abzusteigen. Irgendwie verlor er das Gleichgewicht und stürzte. Leute die ihm helfen wollten blaffte der 85-jährige resolut an: „Nee-nee, das kann ich schon selber." Der befreundete Chefarzt übernahm selber die Versorgung. Er fragte ihn, wieso er so eine Bagatelle selber erledigte. „Aus Rache natürlich ! Ich benutze jetzt bei Dir auch nur Baudraht. Titan ist zu teuer." „Da verarschen die mich auch noch" beschwerte sich mein Vater" lachte Odin. Wir lachten mit. Sein Vater hatte lange bei der Deutsch Afrika-Linie gearbeitet und ist ein wandelndes Schiffahrtsgeschichtslexikon. Wenn man ihm Raum und Zeit gab rief er hunderte von spannenden Seefahrtsgeschichten ab.

„Hallo Leute. Entschuldigung, aber ich hatte noch etwas Wichtiges zu erledigen" strahlte uns Dildo frohgelaunt an. Toll, dass es Euch so gut geht. Ob ich hier noch etwas zu Essen bekomme ?" Er bestellte einen Flammkuchen und einen Käseteller. „Ich bin so ausgehungert." Er stürzte das erste Glas Wein in sich hinein. „Davon nehme ich noch einen." Er winkte der Kellnerin zu. „Habe ich Euch schon von dem Mann beim Psychiater erzählt ? Ich glaube nicht. Er fing sofort an zu erzählen.

"Herr Doktor, ich denke jederzeit an nackte Frauen !"
"Gut, ich mache einen Test mit ihnen."
Der Arzt malt einen Strich aufs Papier: "Woran denken Sie ?"
"An eine nackte Frau."
Nun malt er einen Kreis: "Woran denken Sie jetzt ?"
"An eine nackte Frau !"
"Oh, oh. Sie sind ja vollkommen sexbesessen !"
"Wieso, SIE malen doch die Schweinereien !"

Gelächter. Als wenn Dildo schon den ganzen Abend unter uns weilen würde, fügte er sich nahtlos in unsere kleine Gruppe ein. Er war natürlich noch nicht am Ende mit seinem Repertoire. Die drei Damen am Nachbartisch

spitzten interessiert ihre Ohren.

Sitzt eine Nonne in einem Bus. Da kommt ein Hippie und setzt sich neben die Nonne. Schließlich fragt der Hippie:
"Tschuldigung, hättest du Lust zu poppen?"
Die Nonne: "Nein, das kann ich nicht machen, ich bin eine reine Dienerin Gottes!"
Der Hippie gibt aber nicht auf und probiert es ein zweites Mal, doch wieder lehnt sie ab. An der Bushaltestelle steigt der Hippie aus und der Busfahrer hält ihn fest und sagt:
"Wenn du diese Nonne vernaschen willst, dann gebe ich dir 'nen Tipp. Jeden Abend um zweiundzwanzig Uhr geht sie auf den Friedhof und betet!"
Der Hippie bedankt sich und folgt dem Rat des Busfahrers.
Pünktlich kommt er mit Jesusgewändern zum Friedhof und sieht die Nonne beten. Er tritt vor sie und ruft: "Ich bin Jesus und habe von Gott den Befehl erhalten Dich zu nehmen!"
Die Nonne sieht verwundert auf und sagt:
"Wenn du wirklich Jesus bist und Gott dir das aufgetragen hat, so nimm mich, aber bitte von hinten, dass du mein Haupt nicht betrachten kannst."
Nach fünf Minuten wildem Treiben reißt sich der Hippie die Jesusgewänder vom Leib und schreit:
"Reingefallen, ich bin der Hippie!"
Darauf reißt sich die Nonne die Gewänder vom Leib und ruft:
"Ätsch, ich bin der Busfahrer!"

Wir und die Damen am Nachbartisch amüsierten sich köstlich. Nur das fürchterliche ‚Aftershave' beugte sich zu uns herüber und sagte laut: „Mäßigen Sie sich. Hier sind Damen im Raum." Seine Begleitung begehrte leise auf.

Dildo blieb ganz ruhig. „Ich sehe im Moment nur interessierte Damen um mich herum. Bleiben Sie locker und freuen sich, dass Sie mit einer so schönen Begleitung unterwegs sein dürfen." Er nickte seiner Tischdame freundlich zu. „Außerdem, ich kann nicht verhindern, dass ich älter werde, aber ich kann verhindern, dass ich mich dabei langweile!"

Gerade wollte Mister ‚Aftershave' darauf antworten, etwas Nettes konnte Dildo aufgrund der rot angelaufenen Gesichtsfarbe sicher nicht erwarten, da fiel ihm seine Beglei-

tung ins Wort. „Köstlich. Kennen sie vielleicht noch einen?"
Verblüfft hielt ihr Begleiter inne. Seine Gesichtfarbe verdunkelte sich weiter.

„Aber gerne doch, gnädige Frau. Da geht noch was" entgegnete Dildo galant.

Der kurzsichtige Lehrer ruft in die Klasse:
"Du da hinten, sag mir mal das erlernte Gedicht auf!"
"Das kann ich nicht."
"Darf man mal fragen, was du gestern Abend gemacht hast?"
"Da habe ich mit Freunden ein paar Bier getrunken, Skat gespielt und anschließend mit meiner Freundin gebumst."
"Das ist ja unglaublich. Ich frage mich, wieso du überhaupt noch in die Schule gehst."
"Um die Heizung zu reparieren - ich bin der Monteur."

Bis auf Mr. ‚Aftershave' klatschten sich alle auf die Schenkel. Er schmiss einen zwanzig Euroschein auf seinen Tisch, nahm seine Begleitung an die Hand und zog sie mehr oder weniger aus dem Lokal. „Oh je, was für ein unangenehmer Typ" sagte Stina. „Wollen wir noch eine Runde? Die geht auf meinen Deckel."

„Schade" rief Dildo. „Da verpasst er noch einen. Das Beste kommt bekanntlich zum Schluss.

Eine Frau kommt in der Dämmerung vom Einkaufen und geht mit ihren Einkaufstaschen den Bürgersteig entlang. Plötzlich springt vor ihr ein Mann aus dem Gebüsch und reißt seinen Mantel auf und entblößt sich. Sie hält inne, schaut sich die Sache für einen Moment an... – schlägt sich gegen die Stirn und ruft: „Shrimps! Ich habe die Shrimps vergessen!"

Das Lachen verebbte gerade, als mein Handy zu klingeln anfing. Der Blick auf das Display zeigte mir Daniell Holter an. Ich stand auf und stellte mich ein wenig abseits, bevor ich das Gespräch annahm. „Hallo Daniell, mein Lieber. Hast Du Neuigkeiten für mich?"

„Hallo York. Das kann man wohl sagen. Vorweg dazu ein kleines Beispiel. In China soll bis 2020 jeder der 1,3 Milliarden Bürger in einem elektronischen Raster erfasst sein. In einem Social Credit System wird sein ganzes Sozialverhalten registriert. Das fängt beim Konsumverhalten an und hört bei Kommentaren und Postings im Internet auf. Wer sich da nicht Regierungskonform verhält, bekommt Schwierigkeiten. Falsch ist alles was dem Staat nicht passt. Eine irre Kontrollwut seitens der Partei. Als wenn dies nicht schon schlimm genug ist, treibt es ‚Dein Teil' auf die bisherige Spitze des Kontrollwahnsinns. Das ist gefährlich. Es ist eine ganz neue Generation von RFID Chips, also Radio Frequency Identification. Die herkömmlichen Chips sind schon in vielen Bereichen milliardenfach im Einsatz. Zum Beispiel im Warenverkehr, als Skipässe oder bei Haustieren. Dort sind sie seit eineinhalb Jahren gang und gäbe. Sie speichern die Angaben zum Besitzer, die Identitätsnummer und Behandlungsdaten des Tierarztes. In Schweden haben sich schon hunderte Menschen einen Chip einpflanzen lassen. Damit können sie Unternehmen ohne Schlüssel betreten und die frei geschalteten Räumlichkeiten nutzen. Bei Handys entfällt die PIN und bei Computern das Passwort. Fitnessstudios und Waschsalons sind damit ausgerüstet. Tickets können bestellt und Geld abgehoben werden. Die kompletten Daten und Verhaltensmuster werden dabei nahezu vollständig erfasst. Die Menschen haben kaum Einfluss auf die Verwertung. George Orwell lässt grüßen. Allerdings sind das noch Chips der Nahfeldkommunikationstechnik. Die Stromversorgung und vor allem die Sendeleistung waren bisher zu knapp. Daher funktionieren diese Chips bisher nur in einem Abstand zwischen zehn bis siebzig Zentimetern. Die speicherbaren Datenmengen liegen bei den herkömmlichen Chips nur bei einigen hundert Bytes." Daniell machte eine kurze Pause und kam zum Finale.

„Dieses Ding ist der Hammer. Das war schon eine harte Nuss, das zu hacken. Wo immer das herkommt, dies ist allen anderen Chips um Jahre voraus. Ein wieder beschreibbarer zwei MB Datenchip. Das reicht für über 400 DIN A 4 Seiten

Daten. Die Stromversorgung des aktiven Transponder Chips wird aus einer Temperaturdifferenz erzeugt und die Sendeleitung ist so enorm, dass die Verwerter die Mobilfunk-Sendemasten nutzen können. York, das ist ein Instrument zur totalen Versklavung – und dabei so klein."

„Mit anderen Worten, wer diese Chips kontrolliert, der kontrolliert die Menschheit?"

„Ja genau. Das ist nicht nur ein Milliardenmarkt, das ist die vollständige Kontrolle aller weltweiten Vorgänge, ob wirtschaftlicher oder humaner Art. Da stecken mächtige Interessen hinter und sehr, sehr viel Geld. Es ist nur verwunderlich, dass dieser Chip hier in Travemünde aufgetaucht ist. In den USA oder Asien hätte ich den dann schon eher vermutet. Das ist auf jeden Fall ein ganz brisantes Hightechteil. Wer den Chip auf den Markt bringt, wird die Welt nachhaltig verändern." Daniell Holter räusperte sich. „„...und mache Dir die Welt untertan. Die Schöpfungsverantwortung erhält hierdurch einen gänzlich neuen Aspekt. Allerdings wird es schwierig werden, die Chips gegen den Willen des Einzelnen zu implantieren."

„Ich sehe das anders. Man wird die Menschen manipulieren und ihnen einreden, das die Transponder ihre Sicherheit erhöhen, dem Terrorismus Einhalt geboten und das ihr Leben viel unkomplizierter gestaltet wird. Alles natürlich auf freiwilliger Basis. Nach einigen Jahren wirst Du aber ohne Chip kaum noch am öffentlichen Leben teilnehmen können. Jeglicher Geldfluss wird hierüber abgewickelt. Sei es der Lohnbezug, das Einkaufen im Supermarkt usw. Daher wird jeder diesem System einverleibt. Ohne Chance. Ein schrecklicher Gedanke. Eine der Vorstufen zur totalen Kotrolle wird unter anderem die Abschaffung des Bargeldes sein. Kein Banküberfall, keine Steuerhinterziehung und keine Schwarzarbeit versprechen die Politiker. Bequemer, sicherer, günstiger – so wird es uns schmackhaft gemacht werden. **Alle Menschen wären völlig abhängig von den Vorgaben der Machtsysteme und ihrer ausführenden Eliten.** Dies ist auch eine Form des Terrorismus." Es schauderte mich. „Daniell, klasse Arbeit. Ich weiß zwar noch nicht in welchem Kontext das alles steht, aber Du hast wieder einmal etwas bei mir gut." Meine Gesichtsnarbe juckte unmerklich.

„Ist schon gut, York. Ich habe Dir zu danken. Es hat mir auch sehr viel Spaß gemacht. Danke noch einmal ciao !" verabschiedete er sich.

Ich freute mich für ihn. Er entwickelte sich prächtig bei der Bremer Kripo. Nach einer Schießerei im Sommer 2011 musste sein Bein amputiert werden. Seine Zukunftsaussichten waren nicht rosig. Eine undurchschaubare italienische Stiftung nahm sich seiner an und griff ihm unter die Arme. Ich hatte es ihm und auch niemand anderem gesagt, was ich mit dieser Stiftung zu tun habe, aber ich hatte den Verdacht, dass Daniell sich diese Informationen bereits gehackt hatte.

Das Handy steckte bereits wieder in meiner Tasche, als ich zurück an den Tisch kam. Interessiert sperrten alle am Tisch die Ohren auf, nachdem sich mein XO wieder über meine Fingerbewegung an der Narbe mokiert hatte. Somit entschloss ich mich, das Gespräch in voller Breite wiederzugeben. Am Ende entwickelte sich eine Diskussion über das Für und das Wider dieser Technologie. Alle waren wir uns einig über die Gefahren und das enorme Missbrauchpotential.

„Ich muss morgen wieder früh raus" warf Stina ein und gähnte zum Nachdruck. „Ein paar Stunden Schlaf brauche ich auf jeden Fall." Alle wirkten mit einem Mal müde und wir bestellten die Rechnung. Dildo winkte ab und übernahm die ganze Zeche. Sein irgendwie debiles Dauergrinsen wirkte beinahe wie eingemeißelt. Ich ahnte, dass nur eine Frau dahinter stecken konnte. Dazu kannte ich ihn zu genau.

Wir verabschiedeten uns von Stina und Odin. Sie wollte zuhause schlafen, da um sechs Uhr ihr Dienst begann. Ich hatte um acht Uhr einen Monteur an Bord. Zu beiden Zeiten fährt die ‚Mary' noch nicht. „Aufgeschoben ist ja nicht aufgehoben" raunte mir Stina liebevoll zu.

„Jetzt seit ihr aber doch ganz schön angetrunken" rief Odin feixend.

Claus und Gib konterten im Kanon. „Der Betrunkene bemerkt, dass die Erde sich dreht, alle Anderen kennen dieses Gefühl nur vom Hörensagen."

026

Von Bord der Motoryacht ‚Ycnex' ging eine 16K verschlüsselte email an sieben der weltweit über eintausendvierhundert Milliardäre. Es waren sämtlich über Generationen hinweg bestehende Superreiche. Kein Wunder, dass sie dieses Projekt finanziell so üppig ausstatten konnten. Mit dem Durchbruch dieser Entwicklung würden sie sich auf Jahrhunderte oder sogar auf Ewigkeiten ihre Macht erhalten und aus-weiten.

In der email stand nur ein Satz. *Das ‚Auge' ist erwacht und wird in sieben Tagen seinen Blick nach vorne richten.* Unterzeichnet war die Nachricht mit Ycnex.

Zufrieden löschte Professor Michail Medwedew die Rundmail und ihre Empfänger. Eigentlich war dies gar nicht erforderlich, denn aus den Mailadressen ging nicht hervor, an wen diese verschlüsselte Nachricht ging. Ein kompliziertes Postfachsystem machte eine Nachverfolgung praktisch unmöglich. Trotzdem hatte man sich geeinigt, auf Nummer sicher zu gehen. Medwedew hatte nicht übertrieben. Am Wochenende würden sie die Betaversion erfolgreich abschließen und konnten den Projekterfolg feiern. Ein neues Menschheitskapitel wird sich auftun. Da war er sich sicher – und er hatte maßgeblichen Anteil daran. Stolz durchflutete ihn.

„Die Menschheit wird sich dem Chip nicht entziehen können. Es gibt Gründe genug für den weltumspannenden Einsatz dieser neuen Technologie, entgegen den unzweifelhaft auftretenden Kritikern. Abwehr von Terrorgefahren, Betrug und vor allem Telemedizin wird dem Chip, als Vorschub zur Megakontrolle, zum ‚freiwilligen' Durchbruch verhelfen. Jegliche Geldtransaktionen und eCommerce werden den Bürgern schon bald keine andere Wahl lassen, als sich den Chip freiwillig einsetzen zu lassen, einschließlich der völligen Selbstaufgabe" dachte Medwedew.

Medwedew verfasste eine zweite Meldung, die mehr oder weniger anonym zugestellt wurde.

027

Do-13.August-2015

Kurz nach Dienstbeginn herrschte schon emsiges Treiben auf dem Revier der WaschPo in Travemünde. Die beiden Toten hielten die Dienststelle auf Trab. Neben den Vorgesetzten und Politikern übten die Medien Druck aus. Für sieben Uhr war eine Dienstbesprechung angesetzt.
POK Stina Wallison sortierte die letzten Unterlagen und überlegte, womit sie anfangen wollte. Malte Scheel kam mit zwei dampfenden Becher Kaffee herein. „Du siehst aber noch müde aus. Haste wohl eine heiße Nacht gehabt? Hier, das wird Dir gut tun." Er grinste schief und drückte ihr einen Becher in die Hand.

„Wenn es wenigstens so gewesen wäre" gestattete sich Wallison eine kleine gedankliche Ablenkung. „Danke. Ich weiß gar nicht, wo mir der Kopf steht. Es gibt bisher wenig konkrete Erkenntnisse, jede Menge Anfragen und Anforderungen sowie Druck von oben. Irgendwie passt nichts zusammen, aber für das Wenige werden schon einige Zeitgenossen nervös."

„Was hatte das denn gestern mit den violetten Augen auf sich ?" fragte Malte. „Ein Code ? Dieser Russe war ja ganz eisig danach." Wallison erklärte ihm in einer Kurzversion, dass der gefundene Torso zu einer Person mit einem sehr seltenen Gendefekt gehörte und die darauffolgende Reaktion für sie interessant war. „Okay, das wusste ich auch nicht. Lasse uns nach nebenan. Es ist gleich sieben Uhr."

Fünf von sieben Stühlen im Besprechungsraum waren schon besetzt. Auf den beiden anderen nahmen Stina und Malte ihren Platz ein. Nach einer kurzen Begrüßung brachte POK Wallison die Kollegen auf den neuesten Stand der Ermittlungen und erläuterte die Ergebnisse der Rechtsmedizin.

Nach den Fakten berichtete sie von dem merkwürdigen Anruf des Oberstaatsanwaltes. Betretenes Schweigen machte sich breit.

„Das stinkt doch gewaltig" begann Wallison erneut. „Wir haben bei unseren Ermittlungen irgendwen gehörig auf die Füße getreten. Es sind für mein Gefühl zu viele osteuropäische Spuren dabei, als dass wir diesen Strang nicht weiterverfolgen sollten. Ich mag es auch ganz und gar nicht, wenn unsere Ermittlungen torpediert werden. Trotzdem müssen wir nach allen Seiten offen sein und ebenso anderen Ansätzen nachgehen. Im Einzelnen heißt dies, solide und akribische Polizeiarbeit, um dem Puzzle eine tragfähige Aussage zu geben. Wir müssen nur jeden Stein umdrehen" versuchte Stina Wallison ihre Kollegen zu motivieren. Den RFID-Chip erwähnte sie noch nicht, da sie in Erklärungsnot über die Hightechinformationen kommen würde.

„Das ist doch obsolet, Frau Kollegin" polterte PHK Volker Vanderstetten ad hoc los. „Die Staatsanwaltschaft wird ihre Gründe haben, wenn sie weitere Ermittlungen nicht für sinnvoll erachtet. Der Suizid auf dem Maritim ist doch unzweifelhaft und wird durch Zeugen abgerundet. Das bindet schließlich nur Kräfte, die wir an anderer Stelle dringender brauchen." Vanderstetten machte eine gelangweilte Handbewegung. „Nichts für ungut, Frau Wallison" fuhr er fort. „Wer nach allen Seiten offen ist, der kann nicht ganz dicht sein." Vanderstetten war genervt. Er war ein lupenreiner Karrierekriminalist. Um seine Karriere voran zu treiben, hoffte er auf spektakuläre Fälle, wie den Tod einer bekannten Persönlichkeit oder das Überführen eines Serienmörders. Damit würde er auch in den Fokus der landesweiten Medien rücken. Dies gelang ihm aber eben nicht mit einem schlichten Suizid oder einem Streit unter Russen. Frustriert und aggressiv blickte der Hauptkommissar in die Runde.

Die Spannung im Raum knisterte. Alle erwarteten eine Retourkutsche seitens Wallison, die es in sich hatte. Zu ihrer aller Überraschung blieb diese aber professionell im Thema und behielt die Ruhe.

„Ich möchte an dieser Stelle eine kurze Geschichte nach einer wahren Begebenheit erzählen" begann Wallison. Sie räusperte sich. Jeder Kollege schenkte ihr seine Aufmerksamkeit. „Als ein Autobahnkreuz in Westfalen-Lippe fertig gestellt werden sollte, da fehlte noch ein Grundstück, welches der Bauer partout nicht verkaufen wollte. Die Bauplaner offerierten dem Bauern damals einen Quadratmeterpreis von drei Deutschen Mark für seine Weide, was zum damaligen Zeitpunkt nicht schlecht war. Der Bauer lehnte ab. Daraufhin hoben sie das Angebot auf vier Deutsche Mark an. Der Bauer lehnte wieder ab. Im Büro beschlossen sie zusammen mit dem Vorgesetzten, ihm ein unschlagbares Angebot über acht DM per Quadratmeter zu unterbreiten. Wieder lehnte der Bauer ab. Im Bauamt wurde dem amtierenden Ministerpräsidenten klar gemacht, dass sie dieses Grundstück unbedingt zur Fertigstellung der Autobahn brauchten und das ein mögliches Enteignungsverfahren sich über zwei Jahre hinziehen würde. In diesem Einzelfall wurde deshalb beschlossen, dem Bauern sage und schreibe zwanzig DM pro Quadratmeter zu bezahlen. Allerdings lehnte der Bauer auch dieses unglaubliche

Angebot ab, ohne weitere Erklärungen abzugeben. Frustriert nahmen die Planer im heimatlichen Dorfgasthof ein Mittagessen ein und wie der Zufall es so wollte, ist dieses auch das Stammlokal des Bauern gewesen. Der Wirt erkundigte sich nach dem Grund ihrer schlechten Laune. Sie berichteten ihm über ihren erfolglosen Kauf des dringend benötigten Grundstücks, obwohl sie ihm einen Kaufpreis von dem siebenfachen Verkehrswert unterbreitet hatten. Der Wirt lachte und teilte ihnen mit, dass sie den Preis noch mehr als verdoppeln könnten, er würde trotzdem nicht verkaufen. Allerdings, wenn sie ihm ein gleichgroßes Grundstück anbieten würden, das exakt genauso weit von seinem Hof entfernt lag, dann könnte er sich vorstellen, dass er einwilligt. Nicht so recht überzeugt suchten und fanden sie ein entsprechendes Grundstück und legten das Angebot vor. Der Bauer willigte ohne großes Zögern ein. Warum fragen sie sich jetzt? Der Grund war so simpel wie schlicht. Er durfte zuhause nicht Rauchen und der Weg vom Hof zur Weide, die Arbeit vor Ort und zurück betrug genau eine Zigarrenlänge." Fast alle Anwesenden lachten und die aggressive Stimmung war selbst bei dem Hauptkommissar verflogen. „Ergo, die Beweggründe können die seltsamsten Blüten treiben. Das müssen wir uns ständig vor Augen halten. Querdenken!" Zufrieden nahm sich Stina Wallison etwas zurück.

„Ich werde noch einmal alle Gemeinsamkeiten der beiden Fälle herausarbeiten" ließ Malte Scheel verlauten. „Vielleicht sind da noch mehr, als wir im ersten Augenblick gesehen haben. Ich bin auch der Meinung, dass wir der Herkunft beider Toten mehr Aufmerksamkeit schenken sollen."

„Anhand der Strömungsverhältnisse der letzten sechsunddreißig Stunden lässt sich vielleicht der Weg des Torsos nachvollziehen" brachte sich jetzt auch Vanderstetten etwas versöhnlicher ein. „Außerdem muss doch irgendjemand einen von den beiden vermissen."

„Ich höre mich in der Szene um, was die Gerüchteküche so an Tratsch und Klatsch hervor bringt. Jetzt ist es neun Uhr, dann treffen wir uns alle hier um fünfzehn Uhr und tauschen unsere Ergebnisse aus" beendet Wallison die Besprechung. Im selben Moment ertönte ihre email Benachrichtigung vom Handy. In der Betreffzeile stand nur ein Name: York.

Gespannt öffnete sie die email. Ungläubig las sie den Text. Beim ersten Mal erfasste ihr Gehirn den Inhalt nicht, obwohl der Text klar und kurz gehalten war. Erst beim zweiten Mal dämmerte ihr die Botschaft. Stina Wallison fühlte einen Stich im Brustbereich. „Unmöglich" sprach sie zu sich selbst. „Nicht York, das ist asymptomatisch." Die Absenderadresse stammte von einem Lübecker Yacht Club Account.

Sie wischte die dunklen Gedanken beiseite. „Fehlender Dialog ist der sichere Beziehungstod" murmelte Stina. Kurzerhand wählte sie Yorks Nummer, um mit ihm darüber zu sprechen.

„Dieser Anschluss ist zur Zeit nicht erreichbar. Bitte versuchen sie es zu einem späteren Zeitpunkt erneut" hörte sie die Ansage einer automatischen Ansage. Sie las die Nachricht noch einmal. „York hat ein intensives Verhältnis mit einer asiatischen Frau. Ein guter Freund !"

„So'n quatsch. Da gebe ich nichts drauf" flüsterte Stina, aber erste Zweifel waren gesät...

028

An ausschlafen war nicht zu denken. Immer wieder dröhnte ein schwerer Bootsmotor auf. Eine Person brüllte fortwährend unverständliche Anweisungen. Nach zehn Minuten gab ich es auf, noch eine Mütze voll Schlaf zu bekommen. Ich duschte kurz an Bord, gönnte mir eine Wolke ‚Terre' von Hermès und zog mich an.

Das Geschrei draußen war immer noch nicht verebbt. Neugierig geworden stieg ich den Niedergang hinauf und schaute nach der Ursache. Einer unser Hafenmeister vom LYC stand auf dem Bugdeck einer Bavaria 35 und sah verzweifelt aus. Der Skipper und Eigner stand am Steuerstand und versuchte wohl schon seit dreißig Minuten seine Motoryacht erfolglos in die richtige Parkposition seines Saisonliegeplatzes zu bringen. Warum auch immer brachte er es nicht fertig, sein Boot einen kleinen Bogen fahren zu lassen, das er nur noch geradeaus zwischen die Holzdalben manövrieren musste. Platz genug war ausreichend vorhanden. Stattdessen fuhr er die Box seitwärts an, wobei er die Dalben beinahe schrammte und wollte dann die Bavaria rechtwinklig, unter Zuhilfenahme seines Bugstrahlruders, in die Kurve zwingen. Das konnte nicht klappen, aber er versuchte sein Unvermögen mit cholerischen Anfällen auszugleichen. Hilflos angesichts dieser Situation zuckte der Hafenmeister nur mit den Schultern. Inzwischen hatte sich eine Schar Zuschauer eingefunden, die bei sonnigem Wetter und Windstille, sichtlich ihr Vergnügen fanden. An Spott mangelte es nicht.

Nach weiteren fünf Minuten und ein paar heftigen Dalbenberührungen konnte der Hafenmeister das Boot endlich vertäuen. „Das war ja noch nicht alles" verriet er mir bei der Überfahrt mit der ‚Mary'. „Der wollte sein Boot nur mal eben ‚schnell' verholen. Beim Hinausfahren aus dem anderen Liegeplatz hat er schon ein Boot gedätscht. Die ganze Aktion hat beinahe eine Stunde gedauert. Ich kam da ja auch gar nicht wieder runter. An den drei Aufnahmepunkten der ‚Mary' standen bis zu zwanzig Personen in Warteposition. Jetzt habe ich gerade alle übergesetzt."

„Ist schon blöd, wenn man vor seinem eigenen Schiff Angst haben muss" bemerkte ich. Wir lachten beide. „Wenn ich so viel Geld in die Hand nehme, um ein Boot zu kaufen, dann müssen auch noch drei Tage Fahrschule drin sein. Das sparst Du mit den nicht angerichteten Schäden mindestens zehnfach wieder ein. Sonst spielst Du eben Hafenbillard."

„Geht's heute noch raus zum Segeln, York?"

„Nein, erst einmal gibt es ein ordentliches Frühstück im Accapella. Außerdem checkt Nils Gerstel von GBA nachher den Motor der ‚o.li'. Der Anlasser muckt manchmal. Nils ist ja der Spezialist auf diesem Gebiet. Das WC bekommt ebenfalls einen neuen Ansaugmotor. Dir noch einen stressfreien Tag." Ich schwang mich auf den Anlegesteg um zu meinem Fahrrad zu gehen. In den beiden Verkaufsständen an der Travepromenade Überseebrücke wurden gerade die Frontklappen geöffnet. Hier verkaufte die Designerin mit ein, zwei Mitarbeitern, ausgefallenen Schmuck und Kunsthandwerk. Aus dem Holzcontainer hörte ich unisono ein „Morgähn", was ich schmunzelnd erwiderte.

Eigentlich wollte ich kurz Stina anrufen und ihr einen schönen Tag wünschen, aber das Handy streikte. Die Batteriestandsanzeige zeigte weniger als ein Prozent. Der Bildschirm leuchtete kurz auf und verabschiedete sich sofort wieder. „So ein Mist" brummte ich leise. „Der Akku ist leer." Über Nacht war es nicht am Netz. Ich hatte es vergessen. „Egal" sagte ich mir. Ein wenig ‚nackt' fühlte es sich dennoch an. Schwungvoll trat ich nun in die Pedalen des alten Fahrrades und fuhr durch die Vorderreihe bis kurz vor dem Autofähranleger. Dort war das Frühstückscafe.

Der Zugang war ausschließlich von der Wasserseite möglich. Im Rechten der drei Strandkörbe vom Acapella saß Claus schon vor einem Cappuccino mit einer Zeitung in der Hand. Auf dem angrenzenden Marktplatz herrschte emsiges Treiben, denn heute war Wochenmarkt, wie immer am Montag und Donnerstag. Ehe ich etwas sagen konnte, informierte er mich, dass Dildo sich entschuldigt und ‚etwas' Wichtiges erledigen muss. „Immer noch mit so einem debilen Gesichtsausdruck" bemerkte der XO trocken und legte die Zeitung beiseite. „Er ist für seine Verhältnisse schon früh los. Da kann nur eine Frau dahinterstecken. Du weißt doch, Männer haben hauptsächlich einen Kopf, damit Frauen ihn verdrehen können."

„Hmmh" machte ich. „Ich dachte ich hätte Dildo gerade aus den Augenwinkeln in der Vorderreihe gesehen. Vielleicht habe ich mich getäuscht. Wie sieht es aus ? Hast Du großen Hunger ?" Dies war als rhetorische Frage gemeint, denn ich bestellte uns ein Schlemmerfrühstück. „Vor fünfzehn Uhr bekomme ich sicher nichts mehr. Ich will noch nach Lübeck rein."

Zwanzig Minuten später wurde uns das Schlemmerfrühstück serviert. Es sah richtig lecker aus. Verschiedene Auflagen, selbstgemachte Marmelade, Müsli, frische Früchte, Ei, mit Brötchen, Tee, Orangensaft und ein Glas Sekt. „Das sieht aber toll aus" zwitscherte eine Dame vom Nachbartisch uns zu. „Wenn wir in zwei Stunden nicht zum Mittagessen gehen würden, dann wäre dies auch meine Wahl" plauderte sie munter drauf los. „Sind Sie von hier ? Vielleicht können Sie uns einen Tipp geben, wo wir gut Fisch essen können ? Wir lieben Fisch."

„Dann empfehle ich Ihnen gleich hier das Fisch Hus. Sie sollten vorher möglichst reservieren. Die Plätze sind begehrt" erwiderte Claus freundlich. „Sie können aber auch im Fischereihafen ausgezeichnet Fisch essen. Zum Beispiel im Fischtempel. Dort gibt es manchmal auf Anfrage Steinbutt. Wenn Sie auch Scampi mögen, dann empfehle ich die Pizza ‚Pavarotti Speziale'. Die sollten Sie bei dem dunkelhaarigen ‚Schweden' ordern und bestellen Sie einen schönen Gruß von York" beendete der XO seinen kleinen kulinarischen Ratgeber.

„Na, Ihr lasst es Euch wieder gut gehen" grinste uns Ninette Mathiessen an. „Das muss ich mir demnächst auch gönnen." Wir nahmen die Kunsthandwerkerin aus der Alten Vogtei zur Begrüßung in den Arm.

„Fange gleich jetzt damit an. Setz Dich doch für einen Moment zu uns. So viel Zeit muss sein. Du kannst mir helfen, meinem Sekt einen stilvollen Abgang zu bescheren." Ich drückte ihr das unbenutzte Glas dankbar in die Hand. „Ein Lübeckbesuch mit dem Auto steht mir gleich bevor."

„Oh York, aber nur einen, denn sonst werden meine Pinsel ein ungewolltes Eigenleben führen" lachte sie. Gut gelaunt erzählte Ninette uns von ihren vielseitigen Kunstprojekten. Wir hatten sie auch schon als Conférencieuse und stimmgewaltige Sängerin auf einer Hochzeit kennengelernt.

An den Nebentischen unterhielten sich die Gäste ebenfalls angeregt. Am Außentisch saß ein einzelner Gast, welcher leise vor sich hinbrabbelte und in unregelmäßigen Abständen unmotiviert lachte. Zwischendurch stand er auf und tippte mit dem Zeigefinger auf das Kopfsteinpflaster. Offensichtlich ein Mann mit Tourette-Syndrom. Gleich daneben war ein Tisch mit vier schnatterten Frauen sowie zwei Männern belegt. Die Männer nahmen still ihr Frühstück ein und versuchten erst gar nicht an den Gesprächen teilzunehmen. Die Frauen tranken nur eine Tasse Kaffee und allesamt rauchten Kette. Irgendwie deckte sich das mit meinen allgemeinen Beobachtungen, dass immer weniger Männer rauchten, aber die Anzahl rauchender Frauen explosionsartig zunahm.

Ich war ein wenig abgelenkt. Am Rande bekam ich mit, dass sich unser Tischgespräch gerade um die geplante Ortsentwicklung drehte. „Angedachte Baustellen gibt es genug in Travemünde" ließ Claus verlauten.

„Das ist schon richtig, dennoch sind wir alle den ‚Witze-Erfindern' ausgeliefert. Angenommen, die Projekte werden nachhaltig und ansprechend realisiert, wo sollen denn die ganzen Touristen anlanden, wenn es keine Parkplätze mehr gibt? Die Schiene ist in ihren Möglichkeiten begrenzt. Der Parkraum ist jetzt schon in den Ferienzeiten und an den Wochenenden zu knapp bemessen. Es können ja nicht alle auf ein Boot ausweichen" streute ich ein.

„Witze-Erfinder?" hakte Ninette schmunzelnd nach.

„York meint, dass wir Opfer der Verkehrsplaner sind. Der Stadtplaner. Die und die Politiker leben meist auf einem anderen Stern" erläuterte Claus. „Was ist der Unterschied zwischen einer Jeans und einer Baubehörde ?" fragte Claus und schob gleich die Antwort nach. „Bei der Jeans sitzen die Nieten außen ! Frei nach dem Motto: Ich kann zwar nix, dafür bin ich aber sehr untalentiert !" Wir glucksten alle.

„Wenn es manchmal nicht so traurig wäre, dann wäre es in der Tat lustig" ergänzte ich. Dazu gibt es noch eine lustige Geschichte:

Ein Mann in einem Heißluftballon hat die Orientierung verloren. Er geht tiefer und sichtet eine Frau am Boden. Er sinkt noch weiter ab und ruft: "Entschuldigung, können Sie mir helfen ? Ich habe einem Freund versprochen, ihn in einer Stunde zu treffen. Jetzt weiß ich allerdings nicht wo ich bin."
Die Frau am Boden antwortet: "Sie sind in einem Heißluftballon in cirka zehn Meter Höhe über Grund. Sie befinden sich auf 53°40'11" nördlicher Breite und 11°17'64" östlicher Länge."
"Sie müssen Sachbearbeiterin des gehobenen Dienstes sein" sagt der Ballonfahrer.
"Stimmt, ich bin Oberinspektorin in Schwerin" antwortet die Frau "aber woher wissen Sie das ?"
"Nun" sagt der Ballonfahrer "alles was sie mir sagten ist sicherlich korrekt, aber ich habe keine Ahnung, was ich mit Ihren Informationen anfangen soll. Fakt ist, dass ich immer noch nicht weiß, wo ich bin. Offen gesagt, waren Sie keine große Hilfe. Sie haben höchstens meine Reise noch weiter verzögert."
Die Frau antwortet: "Sie müssen im höheren Verwaltungsdienst tätig sein."
"Ja, ich bin Oberregierungsrat bei der Bezirksregierung" sagt der Ballonfahrer "aber woher wissen Sie das ?"
"Nun" meint die Frau "Sie wissen weder wo Sie sind, noch wohin Sie fahren. Sie sind aufgrund einer großen Menge heißer Luft in Ihre jetzige Position gekommen. Sie haben ein Versprechen gemacht, von dem Sie keine Ahnung haben, wie Sie es einhalten können und erwarten von den Leuten unter Ihnen, dass sie Ihre Probleme lösen. Tatsache ist, dass Sie nun in der gleichen Lage sind, wie vor unserem Treffen, aber merkwürdigerweise bin ich jetzt die Schuldige !"

Ninette und Claus lachten Tränen. „Den muss ich mir unbedingt merken, York" gluckste Ninette.

"Es gibt genug Leute, die nur deswegen Karriere machen, weil sie keine Fähigkeiten besitzen, derentwegen man sie an der Basis gebrauchen könnte" ergänzte ich.

"Hätte ein Beamter die Welt erschaffen, wir wären noch in der Steinzeit. Oh, apropos Zeit. Es ist gleich schon elf Uhr. Höchste Zeit für mich die Werkstatt zu öffnen."

„Dann breche ich auch gleich auf, sonst wird es zu spät für mich, um nach Lübeck zu fahren. Gegen fünfzehn Uhr bin ich zurück, Claus.

029

Vor der Kaffeebar nahm Dildo seine neue Flamme in Empfang. Er verschwig, dass er schon seit geschlagenen zwanzig Minuten am Eingang wartete. So aufgeregt war er. Beinahe wäre er York in die Arme gelaufen, aber im letzten Moment huschte er noch in einen Drogeriemarkt. Noch wollte er nicht, dass Cui ihn und York zufällig über den Weg lief. Erst sollte die neue Verbindung gefestigter sein und dann wollte er so peu à peu die kleinen Beugungen wieder gerade ziehen, so sein Plan.

Im Lampenladen, wie die Kaffeebar auch im Volksmund hieß, bestellten beide einen Beeren Tee und wählten dazu je einen selbstgemachten Apfelkuchen. Obwohl beide nicht sehr hungrig waren, ließen sie es sich schmecken. Dildo, ansonsten nicht auf den Mund gefallen, wusste nicht so recht, was er ihr sagen sollte. Fragen lagen ihm genug auf der Zunge, aber die musste er sich noch aufsparen, damit sie nicht in Panik verfiel. Er kannte das von sich selbst, wenn die Frauen schon nach wenigen Stunden von Hochzeit sprachen, dann trat er in der Regel gleich die Flucht an. Deshalb plauderte er über die vielen Lampen, die hier auch zum Verkauf angeboten wurden.

„York" hauchte Cui an seiner Seite. „Was für ein schöner Name. Welche Bedeutung hat Dein Name ?"

Dildo schreckte zusammen. Sie meinte ihn. Beinahe hatte er es vermasselt und gesagt „Dino kommt aus dem italienischen und ist die Kurzform von Namen die auf ‚dino' enden, wie zum Beispiel Bernardino. Er hatte von seinen Eltern jedoch nur die Kurzform erhalten. Stattdessen antwortete er ein wenig stotternd. „Y-Y-York, ähem.., also York ist die skandinavische Form von Georg und bekannt durch den heiligen Georg, einem legendären Drachentöter. Was ist die Bedeutung Deines Namen ?" Innerlich atmete er leise auf. „Das war knapp" schoss es ihm durch den Kopf.

„Oh, der kommt aus der chinesischen Hochsprache Mandarin und bedeutet grüne Jade." Cui sah Dildo tief in die Augen und war gleichzeitig innerlich beunruhigt. Sie mochte diesen York sehr, was jedoch nicht mit ihrer Aufgabe zu vereinbaren war.

„Wunderschön – die Augen und der passende Name." Dildo beugte sich weiter vor und gab ihr einen zärtlichen Kuss. „Weißt Du, das bei bestimmten Wetterlagen die Ostsee die Farbe Deiner Augen annimmt ?" Er kam ins Schwärmen. „Wasser ist neben Luft nicht nur ein lebenswichtiges Elixier. Es ist spannend und flexibel. Wir können im Wasser schwimmen und tauchen, mal ist es weich, mal ist es dampfend, manchmal wirkt es wie ein Tuch und es kann zu Schnee und Eis kristallisieren."

Dr. Li Cui war beeindruckt. „Du gehörst offenbar zu den Menschen die den Regen spüren können. Andere werden nur nass. Ein Ozean ist auch nur eine Vielzahl von Tropfen. Ich fühle mich dem Wasser ebenfalls nahe." Cui spürte, dass dieser Mann im Begriff war, nach ihrem Herz zu greifen. Ein Dilemma zur unpassenden Zeit.

Jetzt kam Dildo langsam in Schwung. „Überall reden sie von Tierschutz, zum Beispiel der Delfine, Wale und Haie, was allenfalls ein kleiner Anfang sein kann. Es genügt jedoch keinesfalls nur eine oder wenige Spezies zu schützen, wenn der ganze Ozean auf dem Spiel steht. Das ist eine kausale Kette. Mehr als die Hälfte des Sauerstoffes, den die Menschen atmen, wird im Meer gebildet. Verantwortlich hierfür ist das Phyto- und Zooplankton, das am Anfang der Nahrungskette steht. Klimawandel und die Verschmutzung sowie Übersäuerung der Meere, machen eine Entwicklung dieser kleinen Lebewesen immer schwieriger. Deshalb werden in 50 Jahren nicht nur die Meeresbewohner sterben, sondern mittelfristig auch der Mensch." Dildo rang nach Atem. Er hatte sich in Rage geredet.

Fasziniert blickte Cui ihn an. Ihr wurde ein wenig schwindelig. Ein ihr bisher unbekanntes schlechtes Gewissen breitete sich in ihrem Kopf aus. Abgesehen davon, das York sie körperlich ungemein verzauberte, er ein eloquenter Gesprächspartner ist, legte er ihre verloren gegangenen Werte mit schonungsloser Eleganz offen. Aus anfänglichen Konflikten mit verschiedenen Werten, verschob sich ihr Fokus immer weiter zu Gunsten des Projektes und der Unterwerfung aller Werte. „Diesem Mann sollte sie Schaden zufügen?" Dr. Li Cui fasste für sich einen Entschluss. „Oh, Bob Marley" hörte sie sich sagen.
„Magst Du Bob Marley?"

„Ich habe ihn früher geliebt, aber das war in einer anderen Zeit" antwortete sie nebulös. „Ich habe nicht alles richtig gemacht im Leben" warf sie nebenher ein. „Alles hat seine Zeit und vieles kann man korrigieren. Vielleicht nehme ich mir in naher Zukunft eine Auszeit von meinem Beruf als Wissenschaftlerin." Sie fühlte sich müde, angesichts der letzten intensiven Monate. Eigentlich wollte Cui darüber reden, was mit Stina Wallison war, aber sie wusste offiziell nicht von der Existenz von Yorks Freundin. Das musste warten – noch. Sie blickte ihm wieder tief in die Augen. „Ich hatte bis jetzt noch keinen Grund dafür gefunden" fügte sie leise an.

Dildos Herz machte einen Freudensprung.

030

Kurzfristig hatte ich mich für den Zug umentschieden. Die Regionalbahn erreichte Lübeck Hauptbahnhof innerhalb zwanzig Minuten. In weiteren fünf Minuten erreichte ich zu Fuß das Holstentor , wenige Augenblicke später stand ich vor der Konditorei Niederegger, einem inhabergeführten Traditionshaus, mit über zweihundertjähriger Geschichte. Neben den weltweit bekannten Marzipan- und Nougat-spezialitäten, gibt es auch Eis im Angebot. Ich erstand dort zwei Kugeln Zimtpflaumen Eis. Dort begann die für mich so spannende Hüxstrasse.

Neben diversen kleinen Gastronomiebetrieben, reihten sich unzählige individuelle Shops aneinander. In dieser Form gibt es leider wenig Vergleichbares in Norddeutschland. Bei den Weinläden riskierte ich immer einen kurzen Blick hinein. Neben meinem absoluten Lieblingsrotwein ‚Masi' Amarone, erstand ich noch zwei preiswerte Flaschen Rioja Vega Reserva. Da ich diesmal mit dem Zug nach Lübeck gefahren war, blieb es bei insgesamt vier Flaschen im Gepäck. Ein Besuch in dem ausgezeichneten italienischen Supermarkt Andronaco musste deshalb ebenfalls ausfallen.

Normalerweise suchte ich hier meinen Friseur auf, aber der verstarb leider Mitte Juno im hohen Alter. Kunden hatte er in den letzten Jahren kaum noch. Im letzten Jahr vermutete ich, dass ich nur noch sein einziger Kunde war, genau wie auf seiner Bestattung. Auf dem Seebestattungsschiff gab es nur die zwei Besatzungsmitglieder und mich. Da es keine schriftliche Willenserklärung über eine Seebestattung gab, besorgte ich posthum einen Segelschein als Nachweis des Verstorbenen zum Meer. Bei einem meiner Friseurbesuche schwärmte er von der Schifffahrt, die weiten Reisen usw., obwohl er nie ein Schiff betreten hatte. Außerhalb der drei Meilen Zone stoppte das Motorschiff an einem fest definierten Seefriedhof. Die Schiffsflagge wurde auf Halbmast gesetzt und die Schiffsglocke mit vier Doppelschlägen, acht Glasen in der Seemannssprache, geschlagen. Dies bedeutet das Ende der Seewache. In diesem Fall, im übertragenen Sinne, das Ende der Wache auf dieser Welt. Ich glaube, das hätte ihm gefallen.

Einen neuen Friseur hatte ich mir noch nicht ausgesucht. „Vielleicht probiere ich einfach mal einen in Travemünde" sinnierte ich. Inzwischen waren die Zeiger meiner Uhr auf dreizehn Uhr fünfundvierzig vorgerückt. Wenn ich meinen geplanten Zug erreichen wollte, dann musste ich mich sputen.

Gerade rechtzeitig erreichte ich den Bahnhof. Pünktlich um vierzehn Uhr drei setzte sich der Regionalzug auf Gleis neun in Bewegung.

031

An Bord der ‚Ycnex' beorderte Professor Medwedew seine chinesische Mitarbeiterin Dr. Li gleich ins Büro. Schon beim Betreten des Salons spürte er die Veränderung an Dr. Li.

Ein ungutes Gefühl breitete sich in ihm aus. Ihre Wangen zeigten eine leichte Rötung. Eine dieser Farben, die Verliebtheit hervorrief. Für Medwedew waren Verliebte immer eine Gefahrenquelle. Eine potenzielle Sicherheitslücke. Trotzdem begann er sehr vorsichtig, nachdem sie ihm kurz auf den neuesten Stand brachte – mit einigen Abstrichen allerdings. „Illmer ist der Wunde Punkt von der Kommissarin Wallison. Da müssen wir weiter ansetzen. Ich habe jetzt endlich ein Foto von ihm aus 2002 im Netz gefunden. Sieht es ihm noch ähnlich oder hat er sich stark verändert?" fragte er etwas verschlagen.

Dr. Li Cui warf einen Blick auf das ausgedruckte Foto und erschrak innerlich. Dieser Mann auf dem Foto sah ‚ihrem' York überhaupt nicht ähnlich – nur wer war es dann? Sie beschloss Medwedew nicht aufzuklären und bestätigte in etwa das derzeitige Aussehen.

Unmittelbar nachdem Li Cui den Salon verlassen hatte, telefonierte der Professor über ein abhörsicheres Telefon. Er hatte beschlossen, rigorosere Maßnahmen zu ergreifen. „Wenn doch noch Sergej an meiner Seite stände" fluchte Medwedew über sich selbst „dann wäre die Problemlösung noch einfacher."

Am anderen Ende wurde das Gespräch nach dem ersten Klingeln angenommen. In sein Telefon sprach der Professor nur ein Wort: „Einer."

Die Daten würde er wie üblich separat zustellen.

032

Kaum hatte ich das Handy am Bordladegerät eingestöpselt klingelte es auch schon. Stina.

„Hi York, endlich" erklang ihre samtige Stimme. „Wo versteckst Du Dich denn? Ich habe den ganzen Vormittag versucht Dich zu erreichen." Ihre Stimme klang jetzt ein wenig vorwurfsvoll.

„Ja, tut mir leid, aber mein Akku war leer gesaugt. Morgens war ich doch mit dem XO im Acapella und jetzt komme ich gerade aus Lübeck und habe das Telefon gerade ans Netz gesteckt."

„Bist Du Dir sicher, dass Du in Lübeck warst – und warst Du alleine ?" fragte Stina mit einem seltsamen Zwischenton.

Ich stutze. „Stina ? Höre ich da etwas wie Eifersucht ? Was ist denn los ?"

Stina Wallison biss sich auf die Lippe. Jetzt, wo sie seine Stimme hörte, kam sie sich albern vor. „Ähem.., naja.., also ich habe hier eine anonyme email erhalten. Du sollst mit einer attraktiven Chinesin etwas haben" platzte es aus ihr heraus.

„Ha, ha. Ein schöner Witz Stina. Das glaubst Du doch nicht im ernst ? Halte bitte den Ball flach. Wer schreibt denn so einen Schwachsinn ? Schlau ist, wer nur die Hälfte von dem glaubt, was er hört oder liest. Noch schlauer ist, wer erkennt welche Hälfte die richtige ist."

„Entschuldige York, aber ich bin ein wenig mit den Nerven runter und dann kam eins zum anderen. Der Absender der email lautet übrigens trv@lyc.de und hat auch das Logo im Textfeld. Welch ein Zufall, dass Du ausgerechnet heute nicht erreichbar warst. Komisch ist das doch schon – oder ?"

„Stina, Du versuchst einen Pudding an die Wand zu nageln. Ich habe heute einige Kleinigkeiten in Lübeck zu tun gehabt. Ein paar feine Rotweine habe ich auch gefunden. Du weißt doch, Tun was man liebt ist Freiheit – Lieben was man tut ist Glück. Ich werde der Sache auf jeden Fall einmal nachgehen. Sehen wir uns heute Abend ?"

„Einen guten Rotwein würde ich nicht ausschlagen. Dazu hätte ich gerne einen langen Hals wie eine Giraffe – mit eingebauter Wendeltreppe, damit der Wein ganz langsam hinunterläuft. Es kann vielleicht spät werden. Zum Glück ist Nonome bis Sonntag bei ihrer Freundin zu Gast, aber Zorro und Merlin brauchen ihr Futter, sonst bringen die mir zu viele Mäuse nach Hause. Lasse uns gegen sieben Uhr telefonieren. Ich vermisse Dich!" Stina seufzte innerlich.

„Du musst dann mit der Autofähre übersetzen. Die ‚Mary' fährt heute nur bis sechzehn Uhr fünfundvierzig oder wir nehmen Dich mit dem Dinghi auf. Dicken Kuss" verabschiedete ich mich. Gleich im Anschluss rief ich im Lübecker Yacht Club an und erfragte den Zugang zu der email Anschrift. Wie ich es bereits vermutete, gab es diesen Account nicht. Mein nächstes Telefonat führte ich mit Daniell Holter, dem Computerspezialisten. Im Hintergrund hörte ich, wie er auf seiner Tastatur in rascher Folge klimperte. Ich hatte Daniell einmal bei seiner Arbeit zur Seite gestanden. Er bediente die Tastatur blind und in einer kaum nachzuvollziehenden Geschwindigkeit.

„Das ist relativ einfach, York. Da haben sich welche in die Webseite gehackt und einen neuen Account mit allem drum und dran erstellt. So etwas wird gerne von Russland aus praktiziert. Die Szene ist da führend. Meistens fischen die nach Geld. Für so etwas wie bei Dir lohnt der Aufwand jedoch nicht. Da muss mehr dahinter stecken. Übrigens habe ich vielleicht einen Treffer gelandet. Von den registrierten gut dreihundert Menschen mit violetten Augen, gibt es nur zwei die keine bekannte Anschrift haben und davon nur einen, auf den die errechneten Parameter zutreffen können. Der Mann ist Russe und es ist nur sein Vorname bekannt, der Sergej lautet. Er gilt als Phantom und es werden ihm diverse Morde zugeschrieben. Fotos und weitere Informationen existieren nicht. Da hat nicht einmal der russische Sicherheitsdienst FSB etwas im Datenspeicher" feixte er.

„Du warst in der Datenbank vom FSB ?" fragte ich ungläubig. „Ich hätte nicht gedacht, dass dies klappt. Teufelskerl."

„Nur wenn man es versucht, weiß man ob es klappt. Einfach war es nicht. Ein paar Freunde haben mich dabei unterstützt" deute Daniell vage an. „Ich möchte noch einmal auf den RFID-Chip kommen. Die Entwicklung der zugehörigen Halbleiter auf einer gegebenen Fläche Silizium, verdoppelt sich etwa alle achtzehn Monate. Die Industrie arbeitet da mit Hochdruck dran. Wem der ganz große Wurf bei den Chips gelingt, der kontrolliert die Menschen und letztendlich das Geld. Der Reichtum wird noch stärker umverteilt. Eine kleine Gruppe Menschen wird immer vermögender, der Mittelstand hingegen verarmt ebenso wie die bildungsfernen Schichten. Demnächst werden Menschen mit der Hilfe des Computers in der Lage sein, auf Deutsch in den Telefonhörer zu sprechen - und am anderen Ende der Leitung den Angerufenen Chinesisch verstehen zu lassen. Mit solchen tollen Entwicklungen ködern sie die Menschheit" schloss er.

Nachdenklich bedankte ich mich, informierte die Geschäftsstelle vom Lübecker Yacht Club und sendete eine SMS an Stina. Da mein Magen knurrte, begab ich mich kurzerhand zum Verkaufsstand von Eis-Klaus. Seine getigerte Katze ‚Mauzi' strich zwischen den Stühlen herum. „Eine Krawatte mit einer Kugel Malaga Eis und einen Pott Kaffee, bitte."

„Nur ein Stück Kuchen ? Was ist mit Dir denn los ?"

„Eines reicht. Sonst steigt mein Gewicht demnächst noch auf 100 Kilogramm. Das ist immerhin eine zehntel Tonne."

„Du kannst das locker ab" antwortete Eis-Klaus. „Schaue mich an. Ich esse jeden Tag ein Stück Kuchen und Du kannst mir Glauben schenken, ich wiege keine 100 Kilogramm. Die Krawatte heißt bei mir übrigens Schrägstreifen. Okay, dann also einen Kaffee, ein Schrägstreifen und ein Schnutentuch gibt es umsonst dazu."

Um fünfzehn Uhr herrschte im WaschPo Revier rege Betriebsamkeit. Sie versuchten die losen Fäden zu bündeln und daraus eine vielversprechende Spur zu erkennen. Bisher hatten sie keine Zeugen auffinden können, die etwas Verdächtiges zu einem der beiden Todesfälle beitragen konnten. Daher dauerte die Besprechung auch nicht sehr lange.

Der Polizeimeister Malte Scheel stellte vor allem die Osteuropäischen Aspekte in den Vordergrund. Stina Wallison brachte erstmals den RFID Chip ins Gespräch, der ihr anonym zugestellt wurde, allerdings mit dem Symbol des allsehenden Auges auf dem Umschlag. Das Gleiche hatte sie auch auf der Motoryacht ‚Ycnex' registriert. „Das kann natürlich ein Zufall sein. Dr. Roche geht davon aus, das der Springer vom Maritim ein Computerfreak war. Die Entwicklung dieser Chips setzt unter anderem umfangreiche Arbeiten am Computer voraus. Des Weiteren hatte Mr. X eine kleine vernarbte Tasche am rechten Handgelenk. Genau so groß, um den RFID Chip darin zu platzieren." Wallison legte eine kurze Pause ein, um die Aufmerksamkeit aller zu schärfen. „Ich kann meine Quelle zur Zeit nicht benennen," begann sie geheimnisvoll „aber ich habe Informationen, dass es sich um den Torso um die Überreste eines Russen Namens Sergej handelt." Sie berichtete ausführlich über die Erkenntnisse, welche sie von York übermittelt bekommen hatte. Woher er diese Information besaß, entzog sich auch ihr.

Hauptkommissar Vanderstetten hakte nach. „Wer ist die Quelle? Die müssen wir verifizieren. Wir können nicht nur aufgrund von Vermutungen unseren Fokus darauf richten."

„Da müssen Sie mir Vertrauen. Bisher war die Quelle immer absolut vertrauenswürdig. Ich zweifle nicht an dem Sachverhalt" entgegnete Wallison.

„Dann geht das auf ihre Kappe, Frau Kollegin" erwiderte Vanderstetten eingeschnappt. Der Hauptkommissar berichtete danach mit nasaler Stimme, dass seine Strömungsberechnungen drei mögliche Orte zu Tage gebracht haben, wo der Torso zu Wasser gelassen wurde. „Die Berechnungen seien letztendlich nur eine Schätzung, da die Großschifffahrt eine nicht zu unterschätzende Störkomponente ist. Demnach könnte der Torso oder vielleicht der angebliche Sergej" er hielt kurz inne und schniefte demonstrativ „auf Höhe der ‚Passat', am Ostpreußenkai oder im Fischereihafen versenkt worden sein, wobei der Fischereihafen der wahrscheinlichste Ort ist." Er sah triumphierend in die Runde. „Nicht unweit vom Fischereihafen liegt die ‚Ycnex', mit den Russen darauf. Wir werden uns eine Durchsuchungsanordnung besorgen und die Motoryacht einer gründlichen Prüfung unterziehen. Mal sehen was wir da alles zu Tage fördern und..."

„Da wird kein Richter mitmachen" unterbrach Wallison seinen Enthusiasmus. „Eine Beweislage ist praktisch nicht vorhanden. Wir bewegen uns allenfalls noch auf der Ebene von Spekulationen. Das reicht nicht aus und schon gar nicht bei den Verbindungen von Medwedew. Das ist uns bereits deutlich mitgeteilt worden. Wir können aber die ‚Ycnex' und auf deren Mannschaft ein intensiveres Auge werfen. Ich denke da an eine vierundzwanzigstündige Observation. Vielleicht bringt uns das ein Stück weiter. Nichtsdestotrotz ermitteln wir auch weiter in andere Richtungen. Ich schaue mich noch einmal in der Nähe der Ostsee Lounge um" beendete Wallison die Besprechung.

Hauptkommissar Vanderstetten sah ihr nachdenklich hinterher. „So zimperlich waren sie in Leipzig nicht gewesen. Zwischen ihm und der Staatsanwaltschaft hatte es einen unausgesprochenen, effizienten Kooperationsvertrag gegeben, wenn gleich sie manchmal ein wenig über das Ziel hinausgeschossen waren. Damit konnte er jedoch gut leben. Nebenwirkungen gab es überall im Leben. Für die medizinischen Beipackzettel interessierte sich schließlich auch kaum jemand." In ihm entwickelte sich eine Idee.

Eine Idee, wie er in diesem Fall Glanz auf sich werfen konnte. Strahlenden Glanz. Morgen vielleicht schon.

034

Die vier Boule spielenden Personen nahmen keinerlei Notiz von dem jungen Paar, das unweit von ihnen mit sich und der Welt allein schien. Sie konzentrierten sich auf ihre Würfe und platzierten ihre Bälle möglichst nahe an dem ‚Schweinchen', der kleinen Zielkugel aus Holz. Ab und an kommentierten sie einen besonders gelungenen Wurf der cirka 700g schweren Stahlkugeln. Sie trainierten für das kommende Herbstturnier in Bremen. Beim Holstentorturnier vor zwei Wochen in Travemünde hatten zwei von ihnen mit dem neunten Platz abgeschlossen. Bei 2.000 Teilnehmern ein beachtliches Ergebnis.

Umgekehrt hatte das Pärchen auch keine Antenne für die Boulespieler. Das metallische Klacken der zusammentreffenden Kugeln registrierten sie nicht. Er konnte seine Augen nicht von ihr lassen.

Bewundernd blickte Dildo immer wieder seine neben ihn sitzende Begleitung an. Zusammen mit Cui chillte er auf einem der drehbaren Holzrelaxliegen im Brügmanngarten. Sie strahlte ihn ebenfalls verliebt an. Dildo beschloss in diesem Moment, ihr die Wahrheit zu sagen.

„Ähem.., Cui" begann er verlegen. „Ich muss ein kleines Missverständnis aufklären. Mein Name lautet nicht York." Er wartete einen Augenblick, um ihre Reaktion zu beobachten. Sie hob nur ein wenig ihre Augenbrauen. „Das ist gar nicht meine Art, aber irgendwie" fuhr er weiter fort „hast Du Dich so schnell darauf versteift, dass ich keinen Grund sah, dies zu korrigieren. Ich wusste da ja noch nicht, dass sich mehr daraus entwickelt und dann nahm alles seinen Lauf. Die Segelyacht gehört mir übrigens auch nicht. Sie gehört meinem Freund York. Natürlich dem echten York" gestand Dildo kleinlaut ein. Er grinste sie verlegen an.

Sie kniff ihre Augen zu schmalen Sehschlitzen zusammen. Das smaragdgrün der Iris schien sich zu verdunkeln. „Gleich erzählst Du mir noch, dass Du der Polizeichef der Region bist oder noch viel besser, das Du verheiratet bist? Wie heißt Du denn wirklich?"

Der Ton ihrer Stimme passte so gar nicht zu der peinlichen Situation. Sie war viel zu sanft, zu gütig. So, als wenn die Großmutter den kleinen Enkel beim Erdbeeren klauen erwischte – oder, als wenn sie schon Bescheid wusste. Forschend blickte Dildo sie an. „Das ist doch quatsch" dachte er und löschte die letzte Möglichkeit im Gehirn. „Meine Eltern haben mich auf den Namen Dino Hopf getauft. Ich bin wirklich neunundzwanzig und arbeite als Ingenieur in der Automobilindustrie. Meine Freunde nennen mich im allgemeinen" er stockte kurz „ähem.., Dildo." Jetzt grinste er schief. Er hoffte inständig, es nicht versaut zu haben. Nervös drehte er die Holzliege mit dem Fuß der Sonne zu.
„Schnee von Gestern" raunte sie ihm ins Ohr. „Wichtig ist, dass Du es mir jetzt gesagt hast. Allerdings, wenn das mit uns eine Zukunft haben soll, dann darf so etwas nicht mehr vorkommen!"

Dildo nickt ganz ergriffen. „Sie spricht von Zukunft" schoss es ihm durch den Kopf. „Sie kann meine Gedanken lesen. Wir haben die gleichen Gedanken! Ich bin ein Glückspilz." Er nahm ihre linke Hand und verschränkte ihre beiden Finger mit seiner rechten Hand. „Ich weiß gar nicht, wo ich anfangen soll. Ich bin so etwas von verliebt. Cui, ich möchte mit Dir ewig zusammen sein!" Dildo beugte sich zur Seite und gab ihr einen zärtlichen Kuss. Irritiert bemerkte er ihren starren Blick auf das Maritim Hotel zu seiner linken Hand. „Habe ich Dich jetzt erschreckt?" fragte er unsicher.

„Oh nein, bitte erzähle weiter. Ich bin auch schrecklich verliebt" gestand Cui. Ich hatte nicht mehr darauf gehofft, dass mir die große Liebe über den Weg läuft. In meiner Kultur gilt eine Frau ab dem Alter von siebenundzwanzig Jahren als ‚*Sheng Nu*', als Restfrau. Meine Familie hat sich vor drei Jahren mit mir überworfen, nachdem ich mich weigerte, eine arrangierte Ehe einzugehen. Dabei ist meine Familie überwiegend westlich orientiert. Schon meine Eltern haben annähernd zehn Jahre in der Nähe von London gelebt. Es ist schwer mit gesellschaftlichen Traditionen zu brechen. Würdest Du freiwillig vom Dach dieses Hotels springen?" wechselte Cui abrupt das Thema.

Vor Schreck über diese Frage brachte Dildo zu erst kein Wort heraus. „Du hast doch nicht Suizidgedanken?" erkundigte er sich verdattert und zog sie fester an sich.

„Nein, auf gar keinen Fall. Mich schüttelt es allein bei dem Gedanken. Ein ehemaliger Arbeitskollege ist vor drei Tagen von ganz oben gesprungen. Andrej war ein sehr begabter IT-Spezialist und angenehmer Kollege. Er war noch so jung. Trotzdem hat er unsere Arbeit maßgeblich mit gestaltet." Dr. Li Cui erschrak. Professor Medwedew würde ihr Hochverrat vorwerfen, wenn er jemals Wind von diesem Gespräch bekam. Versager und Verräter liquidierte dieser Mann eiskalt. Das hatte sie zu spät erkannt und an Hand von Sergej hautnah erleben müssen. Cui spürte, dass sie darüber sprechen musste, wenn ihr Herz nicht erkalten sollte. Schon gar nicht jetzt, wo ein unverhoffter Zauber über ihr privates Leben lag. Zumindest ein bisschen musste von der Seele. Sie blickte Dino voller Hoffnung an. „Dino ist ein schöner Name. Mir gefällt Dino übrigens viel besser als Dildo" lächelte sie und gab ihm einen innigen Kuss.

In seinem Schoß breitete sich ein angenehm kribbelndes Gefühl aus. „Was arbeitest Du eigentlich genau?" fragte er, nachdem seine Lungen wieder zu Atem kamen.

„Ich forsche und entwickle im weiteste Sinne in der Medizintechnik zum automatischen und berührungslosen Identifizieren und Lokalisieren von Objekten sowie

Lebewesen mit Radiowellen. Wir vergrößern die Reichweiten und nutzen neue Wege der Stromversorgung bei minimaler Größe. Ich spreche von der Größe eines Reiskorns. Ähnlich leistungsstarke Aktivtechnologien auf dem Markt sind um ein vielfaches größer und viel zu schwer. Das wird ein Meilenstein in der Menschheitsgeschichte." Sie spürte Dinos bewundernde Blicke. „Ich bin mir aber nicht mehr sicher, ob das zum Wohle der Menschheit geschieht" fügte sie mit belegter Stimme an.

„Das ist sowohl ein spannendes, als auch brisantes Projekt" stimmte er ihr zu. „Zieht man die Diktatur der ‚*political correctness*' in Betracht, mit der willfährige, weil üppig ‚bezahlte' Politiker, religiöse Führer und Konzerne versuchen, die Freiheit des menschlichen Denkens und Handelns auszuhöhlen sowie letztendlich abzuschaffen, entspricht dies in den falschen Händen einem Terrorangriff auf die Weltbevölkerung. Damit muss sehr behutsam umgegangen werden."

„Mittlerweile habe ich da meine Zweifel. Das Problem ist, wenn es eine überlegene Technologie gibt, dann wird sie auch eingesetzt. Zum Wohl der Menschheit und leider auch zum Wohl des einzelnen Individuum. Das Machtstreben und die Gier ist eine stets vorhandene Komponente." Dr Li Cui erkannte jetzt das ganze Ausmaß ihrer Forschungen und fröstelte. Jahre hatte sie damit verbracht, sich in ihrer Arbeit und dem Projekt zu verlieren. Die Liebe öffnete ihr die Augen. „Lasse uns über schönere Dinge sprechen" lenkte sie flüsternd ab.

„Tanzt Du gerne ? Hier im Brügmanngarten gibt es manchmal tolle Events. Frida Gold und Tim Bendzko spielten hier 2013 vor über 25.000 Menschen. Gerne bin ich auch bei den United Four, besser bekannt als die Kuhband. Vor drei Wochen haben die zweimal hier gespielt. Da kocht die Stimmung und deren Mucke geht voll in die Beine" erzählte Dildo begeistert.

„Naja, Tanzen ist schon eine Weile her und ist nicht so

meine Domäne. Ich meide normalerweise große Menschenansammlungen und den unvermeidlich volltrunkenen Mob" dämpfte Cui ihn ein wenig ein.

„Ach was" wischte Dildo ihre vorgetragenen Bedenken beiseite. „Der Rhythmus und die Bewegung gehen Hand in Hand. „Wenn Du magst, starten wir am nächsten Donnerstag vorerst mit einem Kinoabend unter freiem Ostseehimmel an der Nordermole. Das wird sicher ganz Romantisch. Ich bringe uns auch einen Weißwein und leckere Fischspezialitäten von Fisch Wöbke mit" schwärmte Dildo ihr vor. „Vielleicht kann ich auch noch einen Strandkorb für uns beide reservieren."

„Fisch mag ich sehr gerne und ein wenig Weißwein darf es dann auch sein" gurrte sie leise.

„Dann organisiere ich den Strandkorb noch gleich heute Nachmittag, ja?" freute sich Dildo.

„Wir werden sehen" antwortete sie vage. Ihre Augen bekamen einen melancholischen Ausdruck. Verwundert hörte er Cui dann sagen: „Frage mich bitte nicht warum, aber warne York. Er soll auf sich aufpassen!" Sie sprang auf, küsste ihre Handinnenfläche und deutete ein pusten in seine Richtung an. Ehe er etwas erwidern konnte entschwand sie leichtfüßig hinter den Hecken aus seinem Blickfeld und ließ einen verwirrten Dildo zurück.

Eine kleine Wolke schob sich vor die Sonne. Auf Dildos Haut bildete sich ein Putenparker. Ihm wurde kalt. Er konnte keinen klaren Gedanken fassen. Nur ein vereinzeltes Klacken drang an sein Ohr.

Die Boulespieler starten eine neue Runde.

035

Im Casablanca waren augenscheinlich alle Tische besetzt, obwohl wir rechtzeitig für vier Personen reserviert hatten. Stina und Dildo hatten sich entschuldigt, sodass wir doch nur zu zweit ankamen. „Hallo York und Claus, ihr sitzt gleich dort vorne links" empfing uns Azer, der Chef persönlich. „Euer Freund Henk ist schon da und nippt am ersten Bier. Darf es zur Begrüßung ein kleiner Prosecco aufs Haus sein?"

„Das ist ja eine Überraschung, Henk." Wir schüttelten ihm herzlich die Hand. „Woher wusstet Du, dass wir heute hier Essen wollen?"

„Hellsehen kann ich noch nicht, aber ich habe Dildo nachmittags auf der Promenade getroffen" entgegnete er trocken „und da habe ich mir gedacht, ich komme einfach einmal vorbei. Großen Hunger habe ich auch mitgebracht."

Die Bestellung war schnell erledigt, da wir die Speisekarte gut kannten. Claus und Henk nahmen keine Vorspeise. Ich orderte eine kleine Portion Vitello Tonnato für mich und dreimal Spaghetti mit Scampi und Trüffelsauce aus dem Parmesanlaib. Dazu eine Flasche Weißwein, den Verdicchio Castelli di Jesi und eine Flasche Mineralwasser.
„Ich nehme dazu noch zwei 300g Rinderfilets und bei dem Wein schließe ich mich gerne an" ergänzte Henk die Bestellung. „Später nehme ich mir gerne noch die Dessertkarte vor. Da finde ich sicher einen leckeren Abschluss für mich."

„Wie, das willst Du alles alleine essen?". Claus schaute ihn verdutzt an.

„Naja, alles unter 500g ist Carpaccio. Ich habe einen ganz einfachen Geschmack. Ich bin immer mit dem Besten zufrieden. Lasse mich nur schnell mein Bier austrinken, bevor der Wein kommt. Die Nieren durchspülen und entgiften."

„Hast Du schon mal ganzheitliches Heilfasten ausprobiert ? Da wird der Körper auch von Schlacke und Giftstoffen befreit."

„Hi,hi. Ich hatte fast n Reizwort verstanden" lachte Henk. „Fasten.., hi.hi. Ich muss unbedingt meine Ohren durchspü-len lassen."

„Ja, das habe ich schon so gesagt."

„Meinst Du die Fastnetregatta oder wirklich Fasten ?" Der wie ein typischer Schwede aussehende Henk schlug sich johlend auf die Schenkel. „Bei meinem Segelalltag kann ich mir das nicht erlauben."

„Fasten ?" hakte ich ein und rümpfte die Nase. „Ich habe ein einziges Mal in meinem Leben gefastet. Das war im letzten Mai. Nach dem üblichen Reinigen des Darms, übrigens genau nach dem Buchingerplan, drei Tage mit leckeren Biogemüse- und Bioobstsäften, Fastentee sowie Wasser ohne Ende. Danach habe ich aufgegeben – meiner Gesundheit zuliebe. Ich kann dem nichts abgewinnen. Da beschäftige ich mich eher mit dem Rauchen und füge Zigaretten zu meinen Grundnahrungsmitteln hinzu... Nein, aber mal im ernst. Fasten wird grotesk überbewertet. Das ist ein gigantischer Markt, wo unglaubliche Umsätze erzielt werden – für eigentlich Nichts. Ernährungswissenschaftler sagen das bringt gar nichts. Blanker Unsinn. Die sogenannte Schlacke gibt es gar nicht. Bei gesunden Menschen entgiften die Leber und Niere den Körper vollkommen ausreichend. In einem gesunden menschlichen Körper gibt es keine Ansammlung von Schlacken und Ablagerungen von Stoffwechselprodukten. Im Gegenteil. Die beim Fasten entstehenden Ketokörper müssen über die Nieren ausgeschieden werden. Somit steigt der Harnsäurewert an, was die Entstehung von Blasen- und Nierensteinen begünstigen kann. Da Harnsäure ein Stoffwechselendprodukt ist, widerspricht dies dem Ziel einer Entschlackung beim Fasten. Ergo, wer unbedingt Fasten und Geld aus dem Fenster schleudern will – bitte, aber ich brauche das nicht!"

„ Sach ich doch, York" frohlockte Henk. Ich achte vor allem sehr genau auf meine Ernährung. Was schmeckt wird gegessen. Prost!"

Inzwischen wurden die Spaghetti serviert. Der Weißwein passte ausgezeichnet dazu. Der Nebentisch wurde gerade mit zwei neuen Gästen besetzt. Cara und Bernhard, zwei gute Bekannte vom aRosa Fitness. „Wir wollen morgen gegen elf Uhr ablegen und ein paar Stunden auf der Bucht segeln. Mögt Ihr mit kommen?" fragte ich, obwohl ich die Antwort schon kannte.

„Danke nein. Du weißt doch, ich fühle mich auf einem Segelboot nicht wohl. Da ist zuviel Wasser um mich herum und schaukeln wird es auch. Ich bevorzuge eher Landyachting." Bernhard grinste schief.

„Landyachting?" Henk blickte ihn verständnislos an. „Was soll das denn sein?"

„Mit einem Luxuswohnmobil quer durch Europa. Das ist dann ähnlich hochwertig ausgestattet, wie eine Yacht – nur hast Du immer Land unter den Füssen. Damit kommt man auch zu dem einen oder anderen Hafen" erläuterte Bernhard.

Henk schüttelte sich. „Herrje, das ist ja wie Champagner schlürfen – nur mit Mineralwasser drin. Wer denkt sich denn so einen Etikettenschwindel aus? Das erschüttert mich aber durch Mark und Bein."

Es klirrte. „Ach verflixt" fluchte Bernhard. „Entschuldige Cara." Er wischte ihr mit einer Serviette über ihre nasse Hose. „Zum Glück war das Bierglas nicht mehr so voll. Ich besorge schnell einen feuchten Lappen, Schatz." Rasch sprang er auf – und erstarrte quasi mitten in der Bewegung. Ein Geräusch, wie ein brechender trockener Ast unterbrach die Unterhaltungen an den Tischen.

Schweigend starrte der ehemalige Polizist Bernhard auf seine rechte Schulter. Ein Blutfleck breitete sich rasch auf seinem Poloshirt aus. Ehe er zusammen sackte sprangen Henk und ich hinzu und fingen ihn auf. „In Deckung" rief ich den übrigen Gästen zu. „Hier schießt jemand."

Nach einer Schrecksekunde brach Panik aus. Stühle wurden umgeworfen, Teller und Gläser purzelten auf den Boden. Schreiend kämpften sich die Leute von ihren Sitzplätzen und drängten in das Lokal. Die meisten Männer zuerst mit der Folge, dass einige Damen sich am Boden in den Getränkelachen wiederfanden und in hysterisches Schluchzen ausbrachen. Ein perfektes Chaos.

Ich wählte den Notruf und versuchte gleichzeitig den Schützen auszumachen. Claus und Henk suchten ebenfalls mit den Augen die Umgebung ab. Es war niemand auszumachen. Ich gab den beiden ein Zeichen und sie geleiteten die drei am Boden liegenden Frauen ebenfalls ins Lokal. Heftiges Geschrei erschallte einen Augenblick später. Die drei Damen machten ihren Ärger gegenüber ihren Begleitungen Luft und ich hörte unter anderem mehrmals das Wort Scheidung. Währenddessen legte ich Bernhard einen provisorischen Druckverband an, der ihn vor zuviel Blutverlust schützen sollte. Cara schaute mich entsetzt an.

„Cara, hat Bernhard irgendwelche Feinde ? Vielleicht noch aus seiner damaligen Polizeitätigkeit ?"

„Das kann ich mir nicht vorstellen. Ich meine, wer weiß das schon, aber York, Du kennst ihn doch. Er ist ein ganz umgänglicher Mensch. Schon immer gewesen. Das muss ein kranker Typ gewesen sein. Ein Verrückter." Im Hintergrund hörten wir Polizeisirenen.

Drei Polizei- und ein Rettungswagen stoppten mit quietschenden Reifen vor dem Eingang des Casablanca. Mit entsicherten Waffen rückten die Polizisten vor. „Die unmittelbare Gefahr ist gebannt" rief ich ihnen zu. „Wir brauchen einen Arzt oder Sanitäter. Der Mann hier hat einen

Schultersteckschuss erlitten."

Fünf Minuten später war Bernhard professionell versorgt und wurde in ein Krankenhaus gebracht. Cara nahmen sie gleich mit, nachdem sie ihr eine Beruhigungsspritze gesetzt hatten. Zeitgleich betrat ein hochgewachsener Mann die Lokalität. Er strahlte Ruhe und Kompetenz aus. Er stellte sich kurz mit dem Namen Vanderstetten vor und bekleidete die Position eines Hauptkommissars im MD.1 in Lübeck. „Okay" dachte ich, so lerne ich den Mann auch einmal kennen. Stina hatte schon einiges von ihrem Kollegen berichtet.

Man merkte ihm an, dass er ein routinierter Ermittler war. Vanderstetten stellte die richtigen Fragen und lies sich auch nicht von den aufgeregten Personen aus dem Konzept bringen. Da es in diesem Fall kein Todesopfer gab, war er eigentlich nicht hierfür zuständig, aber er befand sich gerade in der Nähe und wollte sich eigentlich auf den Rückweg nach Lübeck machen, als der Notruf einging. Ich konnte mich des Gefühls nicht erwehren, dass Vanderstetten lieber eine Leiche gehabt hätte, als nur eine verletzte Person.

Allmählich entspannte sich die Situation im Casablanca wieder. Die Polizei hatte alle Gäste vernommen und ihre Anschriften aufgeschrieben. Sie versuchten nun, den Standort des Schützen zu berechnen und hofften, eventuell die Patronenhülse sicherstellen zu können. Die Servicekräfte beseitigten das Durcheinander im Außenbereich und boten den wenigen verbliebenen Gästen einen kostenlosen Schnaps an. „Am meisten nervt mich, dass meine Filets versaut sind" grummelte Henk. „Natürlich tut mir Bernhard auch leid" fügte er schnell hinzu. Der Hunger war uns tatsächlich nicht vergangen und wir starteten einen neuen Versuch. Fünfzehn Minuten später saßen wir wieder vor dampfenden Spaghetti mit Scampi aus dem Parmesanlaib. Diesmal konnten wir die leckere Speise in Ruhe genießen.

Nur mein XO stocherte etwas lustlos in seinen Spaghetti herum. „Er ist halt sehr sensibel" dachte ich und beließ es dabei.

Claus war das unbewusste Kratzen an meiner Gesichtsnarbe nicht entgangen. Er beließ es dabei, aber sein Lieblingsessen schmeckte ihm plötzlich nicht mehr.

036

Fr-14.August-2015

Mit dem Attentat gestern Abend hatte die WaschPo normalerweise nicht viel mit zu tun, aber nachdem klar war, von wo der Schütze geschossen hatte und wie der Schusswinkel verlief, bekam der Vorfall eine neue Qualität. Zumindest für Stina Wallison.

Das keine Patronenhülse gefunden werden konnte, deutete auf einen Profi hin. PHK Vanderstetten hatte gute Arbeit geleistet. Der Schütze musste auf dem Dach des Fährhauses gelegen haben. Leider hatte niemand etwas bemerkt. Nicht einmal den Führern der Autofähre war etwas aufgefallen, obwohl sie in einer höheren Position die Trave überqueren. Die Tarnung des Heckenschützen schien perfekt gewesen zu sein. Was POK Wallison Kopfschmerzen bereitete, war der Umstand, dass in der direkten Verlängerung der Schussbahn York gesessen hatte.

Damit war sie wieder sehr wohl involviert. Stina war emotional aufgewühlt. „Nicht auszudenken, wenn Bernhard nicht zufällig in diesem Moment aufgestanden wäre" geisterte es durch ihren Kopf. Sie hätte sich ihr Leben lang Vorwürfe gemacht, zumal sie York zuletzt mit ihrem Anflug von ungerechtfertigter Eifersucht konfrontiert hatte. Stina Wallsion ärgerte sich maßlos über sich selbst und schimpfte sich im Stillen aus. Gestern Nachmittag hatte sie Dildo mit einer Asiatin Händchenhaltend im Brügmanngarten gesehen und zwei und zwei zusammengezählt. Da es spät geworden war, konnte sie sich bei York noch nicht entschuldigen. Dies wollte sie unbedingt persönlich machen. „Dann auf jeden Fall im Laufe des Tages noch, spätestens beim Abendessen" nahm sie sich fest vor. Für heute Abend hatte York Karten für das Theater am Strand gekauft. Robinson * Freitag. Sie hoffte, dass sie es rechtzeitig einrichten konnte. „Beinahe hätte das Schicksal eine dramatische Korrektur vorgenommen und den gemeinsamen Besuch des Stückes ersatzlos gestrichen." Wenngleich sie keine religiösen Berührungspunkte besaß, sendete sie ein kurzes Stoßgebet zum Himmel. Sie sah auf ihre Uhr. Acht Uhr fünfundvierzig.

Sie rief kurz entschlossen Dildo an und bestellte ihn auf das Revier ein. Entgegen seiner sonstigen Gewohnheit war er schon wach und auf den Weg zum Stadtbäcker am Lotsenturm. Wenige Minuten später tauchte er bei ihr im Büro auf.

„Guten Morgen schöne Frau" begrüßte er Stina gut gelaunt. „Wie darf ich Dir zu Diensten sein?"

Stina Wallison kam gleich zur Sache und informierte ihn über den hinterhältigen Schuss auf Bernhard sowie aufgrund der neuesten Erkenntnisse, dass das eigentliche Ziel wohl York gewesen war.

Dildo klappte der Unterkiefer herunter. Etliche Gedanken ratterten durch sein Gehirn. Die Neuronen befeuerten seine Synapsen. Ein klarer Gedanke kam dabei nicht heraus. Immer wieder halten zwei Sätze durch seinen Kopf: *„Frage mich bitte nicht warum, aber warne York. Er soll auf sich aufpassen!"* Er registrierte, dass Stina ihm seine Verwirrung ansah. Sie hatte ihn gestern zusammen mit Cui im Brügmanngarten gesehen hatte. Eher beiläufig befragte sie ihn zu seiner schönen Begleitung am Vorabend.

„Ich kann Dir nicht viel über sie sagen" begann er vorsichtig. „Ich habe sie gerade erst kennengelernt. Sie heißt Cui, arbeitet als Wissenschaftlerin und ist eine Chinesin aus London. Eine tolle Frau." Er hatte beschlossen, Stina gegenüber nicht weiter auszuholen. Diese Frau war sein zukünftiges Lebensglück und er wollte der Sache erst selber weiter auf den Grund gehen, bevor er sie unnötigerweise der Behördenwillkür aussetzte. „Cui ist mein kostbarstes Juwel und nicht böse. York werde ich anderweitig die Warnung zukommen lassen" beruhigte er sich.

„Möchtest Du mir noch etwas mitteilen ?" bohrte Stina forschend nach. „Ich spüre regelrecht, dass Dir noch etwas auf der Zunge liegt. Nur heraus damit. Du weißt, auf meine Intuition ist Verlass."

Dildo schüttelte stumm den Kopf und versuchte einen kleinen Scherz zu machen, was ihm jedoch misslang. Stina beließ es vorläufig dabei und verabschiedete ihn nachdenklich.

Draußen versuchte Dildo sofort Cui telefonisch zu erreichen. Lediglich eine computergesteuerte Abwesenheitsmitteilung drang an sein Ohr. Zum vor einer Stunde erst verabredeten Frühstück erschien Cui ebenfalls nicht.

„Frage mich bitte nicht warum, aber warne York. Er soll auf sich aufpassen !" Wie ein nicht endendes Echo hallte es in Dildos Kopf.

037

Nervös strich sich Professor Medwedew über sein kurz geschorenes Haar. Nicht erst seit gestern, wo der bestellte Joker versagte, hatte er das beunruhigende Gefühl, dass ihm die Kontrolle schleichend entglitt. Zum Unvermögen seiner Mitarbeiter kam auch noch Pech hinzu. Für ihn eine ungewohnte Situation. Bisher hatte er jegliche Probleme beseitigen können und sei es mit der Brechstange. Nur hier musste er taktisch klug und äußerst vorsichtig agieren. In

Deutschland konnte man nicht wie ein Zar auftreten. Für seinen Geschmack hatten sie schon sehr viel riskiert und mussten den Ball vorerst flach halten, zumal sie kurz vor dem Abschluss des Projektes waren. Es stand einfach zu viel auf dem Spiel.

Zornig machte ihn die abrupte Wandlung von Dr. Li Cui. In ihr hatte er sich ordentlich getäuscht. Bisher war sie eine loyale und hervorragende Mitarbeiterin gewesen, aber seit er sie auf diesen Illmer angesetzt hatte, durchlief Dr. Li eine für ihn nicht nachvollziehbare Wandlung. „Hormone?"

Er hatte sie einem intensiven Verhör unterzogen, anders konnte man es nicht nennen. Wesentliche Erkenntnisse bezog Medwedew hieraus nicht, außer, dass Dr. Li sich Themen mit privaten Charakter noch mehr verschloss als bisher. Ihr Gesichtsausdruck gab nicht mehr oder weniger Emotionen preis, dennoch spürte er geradezu, dass die Temperatur im Salon um mehrere Grad abfiel. Ein verstohlener Blick auf das Thermometer strafte seinem Gefühl Lügen. Die klimatisierte Raumtemperatur lag bei konstanten einundzwanzig Grad Celsius – wie immer.

Lange nachdem Dr. Li den Salon verlassen hatte, saß er still da und grübelte. Sein Gefühl war bisher das einzige, worauf er sich in seinem bisherigen Leben zu hundert Prozent verlassen konnte. Vor gar nicht all zu langer Zeit konnte er sich eine gemeinsame Zukunft mit Dr. Li Cui vorstellen.

Mit seinem rechten Auge fixierte er die Skulptur des ‚allsehenden Auges'. Professor Michail Medwedew fasste einen Entschluss. Er schickte seine Bootsleute unter einem Vorwand nach Kiel und Dr. Sharma würde erst morgen Abend wieder an Bord sein. Um seine Ziele zu erreichen, muss man auch unpopuläre Entscheidungen treffen. Emotionslos und schnell. Fressen oder gefressen werden. Diese Lektion hatte Medwedew sehr früh gelernt und seither auch immer wieder angewandt.

Das Projekt stand im absoluten Vordergrund.

038

Nachdem er die Autofähre verlassen hatte, steuerte PHK Vanderstetten auf die Terrasse vom Pesel im Fährhaus zu. Es war noch nicht geöffnet, aber von hier aus hatte er einen hervorragenden Blick auf die Altstadt Travemündes und auf die MY ‚Ycnex'. In Ruhe fasste er die Fakten und Indizien noch einmal zusammen. Für ihn gab es mehr als genug gute Gründe, das Schiff gründlich zu untersuchen. Die Staatsanwaltschaft wollte auf der einen Seite Ergebnisse sehen und blockierte zeitgleich die Ermittlungen. Auch die Überwachung war heute Morgen unterbunden worden – aus Kostengründen, wie es hieß. Das war für ihn nicht hinnehmbar.

Er steckte in einem Dilemma. Setzte er sich über die Regeln hinweg und fand nichts, dann gab es einen Knick in seiner Karriere, aber wenn er Beweise finden konnte, dann hätte dies einen Turboeffekt. Ein riskantes Spiel. Er musste eine Strategie entwickeln. Vielleicht...

In diesem Moment registrierte Vanderstetten, dass vier Personen von Bord gingen. Sie gehörten eindeutig zur Mannschaft. Durch die Observation wussten sie, dass insgesamt sieben Personen Zutritt an Bord hatten. Die vier verstauten ihre Taschen direkt vor ihm in einem schwarzen Opel Sigma mit russischem Kennzeichen. Alle vier bestiegen den Wagen und setzten mit der Fähre auf die Travemünder Seite über. Der Inder, Dr. Sharma, war gestern nach London geflogen. Somit konnten maximal nur noch der Professor und die Chinesin an Bord sein. „Ein Wink des Schicksal?" überlegte er. Eine Idee reifte in ihm heran.

Nach zehn Minuten stand sein Entschluss fest. Er wollte an Bord und wenn er entdeckt werden sollte, dann gab er sich einfach als tollpatschiger Tourist aus. So umging er vor allem ein Disziplinarverfahren. – so sein Plan. Er setzte auf sein Improvisationstalent.

HK Vanderstetten erhob sich und schlenderte über den

Fährplatz, vorbei an den Kassenautomaten, sah sich interessiert die ankommende Autofähre an und wie zufällig stand er vor der Motoryacht. Alles ruhig. Die Gangway sah einladend aus.

039

Mit meinem Handy in der Hand kam Claus an Deck. „Deine Herzallerliebste" säuselte er und reichte mir das Handy. Zu einer Begrüßung kam es erst gar nicht, da Stina gleich loslegte.

„York, Du musst unbedingt auf Dich aufpassen. Ich habe schlechte Nachrichten. Meine Kollegen haben die genaue Schussbahn berechnet. Danach ist nicht Bernhard, sondern ganz eindeutig bist Du das Ziel des Schützen gewesen. Da gibt es keinen Auslegungsspielraum. Hast Du irgendjemanden auf die Zehen getreten? Muss ich da etwas wissen?"

„Ich? Ich war brav wie ein Lamm. Gestern im Zug auf dem Weg nach Lübeck habe ich allerdings einen Scherz über das Zubereiten von Tofu gemacht. Tofu in den Müll werfen und ein saftiges Steak braten oder so ähnlich. Deshalb wird doch niemand auf mich schießen? Erklären kann ich mir das nicht. Das ist sicher nur ein Zufall"

„Da gehe bitte nicht von aus. Das müssen wir ernst nehmen. Wir ermitteln mit Hochdruck. Die Kugel stammt aus einem Präzisionsgewehr. Damit läuft und schießt man nicht einfach so mit in der Gegend herum. Wir gehen von einem Profi aus, York. Du solltest in Deckung bleiben."

„Ha, ha. Gehen wir hypothetisch davon aus, dass dies so ist, wo soll ich mich dann noch hin zurückziehen? Demnach hat mich der Mann aus einer großen Menge herausgepickt.

Davor kann sich niemand schützen. Ergo kann ich auch gleich Segeln gehen. Auf dem Wasser so einen Schuss abzugeben, erscheint mir unmöglich. Natürlich kann er dies von einem Zerstörer aus, aber die Wahrscheinlichkeit tendiert gegen Null . Teilst Du meine Einschätzung ? Übrigens, dem XO sagen wir besser nichts. Der macht sich immer nur unnötige Sorgen" beruhigte ich sie und wir verabredeten uns abschließend um 18:00 Uhr zum Abendessen ins Miera im Fischereihafen. Das Strandtheater begann erst um 20:30 Uhr.

„Was reibst Du wieder an Deiner Narbe, York. Lasse das. Das bringt Unglück. Das weißt Du doch !" Unwirsch erklomm Claus die letzten Stufen vom Salon zum Deck.

„Nichts passiert" versuchte ich auch ihn zu beruhigen und lenkte ihn vom Thema ab. „Der Wind frischt ein wenig auf. Lasse uns zusehen, dass wir auf die Bucht rauskommen."

Ohne Zwischenfall, ich hatte auch nichts anderes erwartet, befanden wir uns nach einer viertel Stunde auf Höhe des grünweißen Leuchtturms. Die südlichen vier bis fünf Beaufort bescherten uns entspannte acht Knoten Speed entlang der grünen Mecklenburger Küste. Nur der XO, Blank, Jones und ich lauschten dem seichten Plätschern des Wassers an der Bordwand und dem Musikstück ‚*Warm Weather*'. Der Strand war gespickt mit bunten Strandmuscheln, hinter den die Badegäste Schutz vor der Sonne suchten. Am Horizont durchbrachen vereinzelte weiße Löcher den ansonsten blauen Himmel. Bei näherem Hinsehen, entpuppten sich diese als Segel.

In den Pausen der Musikstücke nahm ich ein leichtes knarzen des Segelbaumes wahr. Ich fand die Stelle rasch und schmierte ein wenig Fett an die Kicker-Baumverbindung. „Schaue einmal nach Backbord. Ist das Siggi ?" In etwa einhundert Metern Entfernung kreuzte das Fischerboot TRV 11, mit Siggi Sehmel an Bord, unsere Fahrtrichtung.

„York, ich kann den ohne Brille gar nicht richtig erkennen" erwiderte der XO. Da zahlt die Krankenkasse nicht für eine

Brille, aber für Viagra. Ergo, darf man poppen, nur kann man nicht sehen mit wem" grummelte er. „Soll ich Siggi dann gleich mal anrufen und fragen, ob er frischen Lachs gefangen hat? Den bereite ich dann zum Abendessen zu."

Mir lief bei dem Gedanken schon das Wasser im Munde zusammen. Der XO gab nur Butter, Rosmarin, Pfeffer und Zitrone an den Lachs. Danach wickelte er ihn in Alufolie und nach etwa einer Stunde servierte er einen Lachs, der seinesgleichen suchte. „Heute wird das leider nichts" antwortete ich stattdessen. „Ich habe mich mit Stina im Miera am Fischereihafen verabredet. Du darfst gerne mitkommen."

„Das hört sich gut an. Aufgeschoben ist nicht aufgehoben. Mir knurrt jetzt schon der Magen, aber ein paar flotte Seemeilen sind noch drin. Die Bedingungen sind zu herrlich. Solange tun es auch ein oder zwei Müsliriegel."

„Okay, dann drehen wir noch einmal um. Klar zur Wende?"

„Ist klar."

„Ree."

040

„Wer immer artig ist wird nie großartig." Diesen Satz hatte sich PHK Volker Vanderstetten für seinen Karrieresprung eingeprägt. Er war in der Regel ein gesetzestreuer Beamter, unbestechlich, hart und kompromisslos. Vanderstetten verteidigte den Rechtsstaat, sei es manchmal auch noch so hanebüchen. Lediglich, wenn es seinem Karriereschub zum Vorteil gereichte, dehnte er bisweilen die Grenze des Erlaubten. So wie jetzt.

Beherzt schritt der PHK über die Gangway. Alles ruhig. Ein Blick in das Innere des Schiffes blieb ihm verwehrt. Durch die Scheiben konnte er nicht sehen. Leisen Schrittes wandte er sich der Seitentür zu und drehte am Knauf. Nicht abgeschloßen ! Elektrisiert schaute er noch einmal über seine Schulter. Kein Mensch zu sehen. Vanderstetten atmete noch einmal tief durch und öffnete angespannt die Tür. Ein kleiner, aber feiner Deckssalon empfing ihn. „Nobel, Nobel" staunte er über die edle Ausstattung. Entschlossen arbeitete er sich nach unten zum Hauptsalon vor. Links und rechts gingen kleine Kabinen ab. Zwei waren mit Computerarbeitsplätzen und anderen hochwertigen elektronischen Geräten bestückt. Zig Leuchtdioden blinkten unablässig in verschiedenen Geschwindigkeiten. Mit den kryptischen Daten auf den Monitoren konnte er nichts anfangen.

Er staunte nicht schlecht, denn im nächsten Raum fand er einen perfekt ausgestatteten Operationsraum vor. „Das war selbst für ein solches Schiff ein Novum" ging ihm durch den Kopf. „Vielleicht war der Eigner ein Hypochonder" mutmaßte er. Sämtliche Bewegungsgeräusche schluckte die gediegene Ausstattung. Deshalb bewegte sich Vanderstetten nun rascher durch die Räumlichkeiten. Viel Zeit wollte er nicht an Bord verbringen. Die schwere Tür zum Hauptsalon ließ sich schwerelos öffnen. Er glitt hindurch – und erstarrte mitten in der Bewegung. Den Griff noch in der Hand musterten ihn zwei hellblaue Augen. In einem Ledersessel saß ganz entspannt Professor Medwedew. Auf der Couch lag mit dem Rücken zu ihm eine schlanke Frau mit dunklen Haaren, scheinbar schlafend.

Vanderstettens Puls schoss in die Höhe, wenngleich ihm das äußerlich nicht unbedingt anzumerken war. Sein Hirn arbeitete auf Hochtouren. „Oh" stammelte er gekünstelt. „Ich habe mich schon gefragt, ob niemand an Bord ist. Wann geht die Fahrt denn nach Lübeck ?" stellte er sich auf ganz blöd. Die eisigen Augen ruhten immer noch auf ihm.

„Guten Tag Herr Kommissar Vanderstetten. Wie kann ich Ihnen behilflich sein ?" hörte er den Professor mit freundlicher Stimme sagen.

Der Puls des PHK schoss in den aneroben Bereich. Damit hatte er nicht gerechnet. Sein ‚Touristenplan' ging gerade die Trave hinunter. Zumindest schien dieser nicht ungehalten über seinen Besuch. Er musterte Medwedew in seinem perfekt sitzenden Anzug. Die Gesichtszüge wirkten vollkommen entspannt. Eine von ihm ausgehende Gefahr sah er nicht wirklich. „Sicher, der Professor ist eine imposante Erscheinung, doch ich bin durch mein ständiges Kampfsporttraining immer noch in guter körperlicher Verfassung. Schließlich war ich vor zweiunddreißig Jahren Deutscher Meister im Karate gewesen." Selbstsicher trat Vanderstetten die Flucht nach vorne an. „Okay," fing er leise an, um die schlafende Frau nicht zu stören „es tut mir leid, dass ich so unangemeldet bei Ihnen hereinschneie, aber ich wollte sie gerne persönlich kennenlernen. Es gibt da ein paar Fragen, wo Sie mir vielleicht weiterhelfen können. So ganz unverbindlich." Der Kommissar versuchte seiner Stimme einen angenehmen Klang zu verleihen, um die für ihn peinliche Situation zu glätten. Guter Bulle, freundlicher Bulle. Eine sympathische Basis schaffen. Psychologie aus den Verhaltensseminaren.

„Ein schwacher Versuch, ihren Hals aus der Schlinge zu ziehen. Ich habe da einiges mehr von Ihnen erwartet, Herr Kommissar." Jegliche Freundlichkeit war aus seiner Stimme verschwunden.
Siedendheiß durchfuhr es Vanderstetten. „Medwedew ist doch Psychiater!" Das hatte er nicht bedacht. „Wenn man sein Ohr ganz leicht auf die Herdplatte legt, kann man riechen wie blöd man ist" wabberte es durch seinen Kopf. Obwohl die Gesprächslautstärke nun zunahm, schien die Frau davon nicht aufzuwachen. „Stellte sie sich nur schlafend? War sie bewusstlos oder gar tot?" Vanderstetten versuchte die Situation zu analysieren. Er fing an zu stammeln. Diesmal nicht gekünstelt. „Was ist mit der Frau auf dem Sofa?" versuchte er abzulenken um Zeit zu gewinnen.

„Sehen Sie hier." Medwedew drückte sich ächzend aus dem

Sessel hoch. Beschwerlich ging er zum Sofa und winkte den Kommissar zu sich. Vorsichtig lehnte er sich über die Frau und drehte sie behutsam um. Vanderstetten stand genau neben ihm. Der Professor deutete mit der linken Hand auf den Hals der Frau. „Sehen Sie den kleinen Punkt am Hals ?" Ehe Vanderstetten reagieren konnte, wurde er von der rechten Pranke des Professors am Hals geschnappt. Wie eine Schraubzwinge schlossen sich seine Finger um den Nacken. Mit der linken Faust zerschlug er ihm den Kehlkopf. Ehe er begriff, dass er den größten und letzten Fehler seines Lebens gemacht hatte, beendete Medwedew entschlossen jeden Atemzug.

Schlaff fiel Vanderstetten zu Boden. Der Fluch der Hauptkommissare in Lübeck hatte wieder ein Opfer gefunden.

„Ich wollte nur fragen, ob Sie den Einstichpunkt am Hals erkennen, Herr Vanderstetten" murmelte der Professor leise.

Mewedew belud seinen Wagen und entsorgte die Leiche des Hauptkommissars in einem verlassenen und verbarrikadierten Gebäudekomplex. Für die nächsten drei, vier Tage sollte das Versteck reichen, danach würde er sowieso von hier verschwinden. Um Dr. Li musste er sich später kümmern. Die Zeit lief ihm weg. Er musste schleunigst wieder zurück, um den temporären Sicherheitscode an Bord einzugeben. Dies konnte er nur direkt vor Ort erledigen. Er fluchte. Damals war es ihm aus Sicherheitsgründen perfekt erschienen, da so niemand mit der ‚Ycnex' länger als acht Stunden glücklich werden würde. Es war ebenso eine Garantie für ihn. Eine Überlebensgarantie. Ohne seinen persönliche Code zerstörte sich das Schiff nach acht Stunden selbständig. Es war nicht so, dass der Code unknackbar war, aber innerhalb acht Stunden völlig unmöglich.

Beständig ist nur das Unbeständige.

041

Bling-Bling. Das Gesicht von Dildo erhellte sich. Eine email von Cui. Seltsamerweise zeitverzögert. Seine Augen flogen über den Text, aber den Inhalt verstand er nicht. Er konnte ihn, er wollte ihn nicht verstehen.

Bestürzt blickte Dildo auf die email. „Lieber Dino" las er zum wiederholten Mal. „Ich habe mich geirrt. Wir haben einen sehr schönen Nachmittag zusammen verbracht und auch für gestern bin ich Dir dankbar, aber" in Dildos Kopf drehte sich alles „aber wir gehören nicht Zusammen. Du und ich, wir haben keine Zukunft. Es ist so, als wenn alles passt, aber der Zeitpunkt nicht der Richtige ist. Entschuldige, wenn ich Dir falsche Hoffnungen gemacht habe. Es ist besser so. Für uns beide ! Bitte respektiere meine Endscheidung und suche nicht nach mir. Veniam da, quaeso !!"

„Veniam da, quaeso ?" Dildo kramte in seinem Hirn fieberhaft nach verbliebenen Fragmenten dieser toten Sprache. *„Bitte verzeih mir."* Sein Herz krampfte sich zusammen. Er torkelte wie ein angeschlagener Boxer über die Promenade. Zwei Passanten kamen auf ihn zu und fragten, ob es ihm nicht gut gehe. Die anfängliche Benommenheit schlug in Erbitterung um. „Was geht Sie das an, wie es mir geht" blaffte er die beiden erschrockenen Spaziergänger an. Als er noch eine Art Urschrei losbrüllte, nahmen die beiden Reißaus. Kopfschüttelnd und immer wieder rückschauend, marschierten sie strammen Schrittes in Richtung Nordermole, in der Gewissheit, einem Psycho begegnet zu sein.

Der Schrei kam aus seinem ganz Innersten und ließ ihn wieder klarer denken. „Was ist passiert ? Gestern schien die Welt für beide noch rosarot. Welches Geheimnis trägt Cui mit sich herum ? Wieso gab sie ihm eine Warnung für York mit auf den Weg ? Seit wann hatte sie ihn durchschaut ? Ist sie am Ende suizdgefährdet ?" Fragen über Fragen. Zu den ersten vier fiel ihm partout nichts ein. Die letzte beantwortete er sich mit einem klaren „Nein !!" Seine beständig gute Laune schien wie weggeblasen. Er musste darüber mit jemanden reden. York fiel ihm ein. Ein Gespräch war sowieso überfällig.

Später.

042

Neckisches Lachen erschallte zwischen den grauen Häuserfassaden. „Fang mich doch. Fang mich doch, wenn Du kannst." Das hübsche Mädchen gab wieder ihr fröhliches, unschuldiges Lachen preis. Im Gegensatz zu ihrem jungen Begleiter kannte sie sich hier aus. Gerne stöberte sie in dem alten Krankenhausgebäude. Die Räume hatten soviel zu erzählen. Wie viel Leid oder auch Freude waberten hier durch das Gemäuer? An manchen Tagen strickte sie sich die Geschichten und malte sich alle Einzelheiten aus. Meist gingen sie gut aus. In letzter Zeit gehörten auch erotische Geschichten zu ihrem Reportoire.

„Ich habe Dich gleich" hörte sie die Stimme des neuen Mitschülers. Sie mochte den Jungen auf Anhieb. Seine unbekümmerte Art und auch seine Körperlichkeit zogen sie unwiderstehlich an. Gerne wollte sie seine Muskeln spüren und vielleicht auch mehr. Sie wusste, wo ein altes Krankenhausbett stand. Darauf verbrachte sie den einen oder anderen Nachmittag – alleine in Gedanken.

Sie fand problemlos den Einstieg ins Gebäude. Es schien ihr, als wenn der Eingang heute größer aussah. Erst gestern war sie für zwei Stunden hier gewesen. Da musste sie sich noch hindurchzwängen. Am Zugang hinterließ sie ihren Schal. Natürlich so, als wenn er verloren gegangen wäre. „Hu, hu" rief sie lockend und verschwand im Gebäude.

Im nächsten Monat wurde sie sechzehn. Bisher hatte sie im Gegensatz ihrer meisten Freundinnen noch keinen Sex gehabt. Das war auch weiter kein Thema, geschweige denn ein Problem. Bis letzte Woche. Da lernte sie zufällig im Bus Marco kennen. Sie war sofort verknallt. Seine Eltern waren vor zwei Wochen auf den Priwall gezogen und es stellte sich heraus, dass sie demnächst gemeinsam eine Schulklasse besuchen. Fast jeden Tag verbrachten sie seither zusammen. Zu zaghaften Küssen kam es schon mehrfach. Sie hatte ein gutes Gefühl. Heute Morgen hatte sie beschlossen mehr zu wagen.

Sie ließ Marco noch eine viertel Stunde zappeln, dann entdeckte er sie. Sie rangelten und erzählten immer wieder belangloses Zeug, um ihre Verlegenheit zu überspielen. Beherzt griff sie nach seiner Hand und führte ihn in den Raum mit dem noch gut erhaltenen Bett. Sanft drückte sie ihn auf die Matratze und legte sich neben ihn. So wie in den romantischen Filmen, die sie verschlang. Kopfkino. „Okay" dachte sie „es ist nicht die Südsee, aber immerhin ein Anfang." Es ging ihr einzig um die Sache.

Marco streichelte ihr Haar und küsste sie erst zaghaft, dann fordernd und leidenschaftlich. Ihre Finger tasten gegenseitig ihre Körper ab. Etwas ungelenk nestelte sie an seinem Gürtel bis sie ihn aufbekam. Neugierig schob sie ihre Hand unter seine Boxershorts. Sie quietschte leise. Etwas Warmes Muskulöses hielt sie in der Hand. Marco fing an zu stöhnen und fummelte ebenfalls an ihrer Hose. Seine glatten Hände tasten sich zu ihrem Unterleib vor. Erschrocken hielt sie inne. Irritiert schaute sie Marco an. „Warte bitte kurz. Ich habe gestern Gummis gebunkert." Leichtfüßig sprang sie auf und verschwand kichernd in den nächsten Raum.

Ein gellender Schrei ertönte und ließ Marco zusammenfahren. Seine Erektion fiel in Sekundenbruchteilen zusammen. „Scheiße, verflucht noch mal" entfuhr es ihm leise und lauter: „Sabrina, was ist passiert ? Ich bin sofort bei Dir."

Rasch hüpfte Marco wieder in seine Jeans und Schuhe. Keine halbe Minute später stand er in dem Nachbarzimmer. Bleich und Bewegungsunfähig starrte Sabrina in die halbdunkle Ecke.

Er versuchte seine Augen an die Dunkelheit zu gewöhnen. Langsam stellte sich seine Iris auf den Umriss in der Ecke scharf.

Marco blieb fast die Luft weg.

043

Gerade wollte sich Professor Medwedew seinem abendlichen Ritual hingeben, der Drink war schon eingeschenkt und seine Nase beschnupperte eine gute Zigarre, als er durch den Polizeifunk abgelenkt wurde. Diese Funkfrequenz überwachte er ständig, allein schon aus Routine.
Zwei Wörter schärften augenblicklich seine Aufmerksamkeit. Leiche und Priwall Krankenhaus. Medwedew wurde blass. Das war ziemlich sicher der Leichnam von dem Hauptkommissar. Er hatte angenommen, dass der Kommissar nicht so schnell in den verlassenen Gebäuden gefunden wird. Er brauchte noch drei, vier Tage, um seine Arbeit hier zu beenden. Aus einer ironischen Laune heraus hatte er sich für das ehemalige Krankenhaus entschieden. Ein Witz, wie er befand. „Du wirst nachlässig" schalte er sich leise. „Wenn auch keine Spur direkt zu mir führen wird, über kurz oder lang taucht die Polizei hier wieder auf. Diesmal sicher mit einem Aufgebot an Beamten und angeführt von der Oberkommissarin Wallison. „Ich habe sicher keine 24 Stunden mehr." Er musste vorher noch unbedingt Dr. Li sicher entsorgen und danach sich selbst unsichtbar machen. Seine Auftraggeber akzeptierten keine Fehlschläge. In diesem Fall

würden sie ihn ganz sicher liquidieren. „So ist das eben in diesem Geschäft" murmelte er. „Bevor die davon Wind bekommen greift mein Plan B." Er startete den Laptop.

Professor Medwedew proste sich wieder einmal zufrieden zu.

044

Schon kurz vor 18 Uhr fanden wir drei uns im Miera zusammen. Stina war froh, dass sie heute einigermaßen pünktlich Feierabend machen konnte. Schnell waren wir uns einig, mit einer Flasche Verdejo den schönen Abend einzuläuten. Das besondere an diesem spanischen Weißwein ist der Zeitpunkt der Lese. Weil die Traube extrem sauerstoffempfindlich ist, wird sie wegen der Kühle nachts gelesen. Zum gewählten Fisch passte der trockene Wein ausgezeichnet.

„Oh, wie ich das genieße" schwelgte Stina. „Die Sonne gibt mir neue Energie. Für Euch beide ist das ja normal, aber bei uns im Revier lässt sich keine Sonne blicken und der Torsofall lässt uns auf der Stelle treten. Unsere eigentlichen Aufgaben da draußen werden dadurch in den Hintergrund gedrängt." Zum Glück hatten wir den Eckplatz ergattert, sodass wir die ganze Zeit in der Sonne verbringen konnten. Die erste Flasche Wein leerte sich rasch. Ich orderte bei der nächsten Gelegenheit eine weitere. Mit dem Fisch und der frischen Salatbeilage hatten wir eine gute Wahl getroffen.

Von unserem Platz aus konnten wir auch gut die Schiffsbewegungen am Skandinavienkai beobachten. Die einkommenden großen Fähren wendeten mit Hilfe ihres Bugstrahls sowie zum Beispiel mit einem drehbaren Schubpropeller um 180 Grad und dockten rückwärts an ihr entsprechenden

Terminal an. Es ist schon beeindruckend, wie scheinbar einfach diese riesigen Schiffe zu beherrschen sind. Allerdings führte ich mir die Havarie- und Seenotfälle in unregelmäßigen Abständen zu. Daraus geht hervor, dass im Schnitt pro Jahr, mindestens eine Havarie der Großschifffahrt, im Bereich etwa zwischen der Nordermole und dem Skandinavienkai, passiert. Angesichts der jährlichen Großschiffbewegungen erscheint das nicht hoch, aber die Schäden durch bis zu 200 Meter lange und zigtausend Tonnen schwere Schiffe sind dann meist gravierend. Umgekehrt, in den Zielhäfen gibt es ebenfalls im Durchschnitt eine Havarie im Jahr.

„Komisch, ich muss schon wieder aufs WC. Hoffentlich habe ich mir keine Blasenentzündung geholt" unterbrach Claus meine Gedanken. Kurzerhand stand er auf und schlängelte sich hinter meinem Stuhl hindurch.

Stina blickte mich lächelnd an. „Ähem.., York" begann Stina und hatte sofort meine ungeteilte Aufmerksamkeit, da ihre Stimme ungewohnt belegt klang. Fragend und zugleich aufmunternd blickte ich zurück. „Da steht noch etwas im Raum. Ich möchte die Gelegenheit wahrnehmen und kurz auf meine blöde Eifersucht eingehen. Ich habe da völlig überreagiert. Ich weiß gar nicht wieso. Bitte entschuldige mein Mistrauen." Stina sah in diesem Moment sehr verletzlich aus und ich spürte intensiv unsere Seelenverwandtschaft

„Ist schon vergessen" kam ich ihr entgegen. „Ich fröne nun einmal einen unkonventionellen Lebensstil. Da kann es manchmal Irritationen geben, allerdings müsstest Du mich nach acht Jahren besser kennen" fügte ich ernsthafter an. Angelehnt an Bernhard Shaw heißt das: *„Liebe ist die Fähigkeit und Bereitschaft, den Menschen an denen uns gelegen ist, die Freiheit zu lassen, zu sein, zu denken, zu handeln oder nicht handeln, was sie wollen, gleichgültig, ob wir uns damit identifizieren können oder nicht."*

Stina blickte mir tief in die Augen. „Ich vertraue Dir und werde in Zukunft mein erlerntes Berufsmistrauen im Umgang mit Dir ausblenden. Versprochen ! Vor allem ist mir wichtig, dass Du Dir selbst treu bleibst – so wie ich Dich kennen- und lieben gelernt habe." Jetzt wäre eigentlich ein leidenschaftlicher Kuss an der Reihe gewesen, aber wie aus dem Nichts stand Claus am Tisch und meldete sich zu Wort.

„Was schaut ihr beide so ernst ?" Wir waren so in das Gespräch vertieft und hatten dabei nicht den XO zurückkommen sehen. Er ging gar nicht weiter darauf ein und lenkte uns ansatzlos ab. „Warum ist der Hintern vertikal in zwei Backen gespalten ?" Ihr kommt eh nicht drauf" feixte er. „Horizontal würde es beim Treppe runterlaufen klatschen..." Die Anspannung von Stina löste sich augenblicklich.

Mein Handy klingelte. Dildo.

Ohne Begrüßung legte er sofort los. „York, ich habe Scheiße gebaut. Ich bin so hohl, da reicht zum Röntgen ein Teelicht. Ich..."

„Sachte, sachte" versuchte ich ihn zu beruhigen. „Was..."

„Ich habe eine Frau kennengelernt..."
„Das passiert Dir doch laufend. Ist es wieder eine Frau zum heiraten oder wirst Du Vater von Drillingen ?" spöttelte ich.

„Höre bitte auf damit, York. Es ist alles ganz anders. Ja, ich habe mich unsterblich verliebt. Ja, die Frau würde ich auf der Stelle heiraten" berichtete er aufgeregt und wechselte in einen traurigen Tonfall. „Sie hat mit mir Schluss gemacht, per SMS. Ich glaube das jedoch nicht. Da steckt etwas anderes dahinter !"

Beunruhigendes fand ich nichts daran. „Ein Typischer Fall von Herzschmerz. Selbst unser Dildo war davor nicht gefeit" dachte ich. „Sieh mal mein Freund, wie oft hast Du schon ein Herz gebrochen ? Hast Du kalte Füße bekommen oder wolltest partout keine Bindung eingehen. Jetzt scheint es umgekehrt. Deine Angebetene hat es sich anders überlegt.

Das ist doch durchaus legitim. Ich kenne Dich. Du wirst ganz sicher schnell darüber hinweggetröstet werden. Kopf hoch." Stinas Handy klingelte. Sie nahm den Anruf entgegen.

„Das ist es ja nicht alleine, York. Ich muss Dir dazu eine kleine Geschichte erzählen. Eine existielle Notlüge, quasi" fuhr er vorsichtig fort. „Ich habe..." In diesem Moment sah ich wie Stina ganz blass wurde. Ihr Gesicht versteinerte und ihre ohnehin schon dunklen Augen wechselten in ein tiefschwarz. „Schickt mir einen Wagen zur Priwallautofähre. Ich bin ganz in der Nähe und in zehn Minuten drüben. Abrupt stand sie auf und kippte dabei ihren Stuhl nach hinten um.

Mir war gleich klar, dass etwas Schreckliches passiert sein musste. Ich unterbrach Dildo. „Bitte lasse uns morgen darüber sprechen. Es ist gerade kein passender Zeitpunkt." Sein „Aber..." hörte ich schon nicht mehr.

Die Verbindung war unterbrochen. „Dabei wollte ich Dir endlich meine Notlüge beichten und den Umstand, dass Cui Dir merkwürdiger Weise eine Warnung zukommen lassen wollte – und jetzt ist sie weg" flüsterte Dildo .

„Stina ?"

„York, ich muss leider dringend weg. Man hat Vanderstetten tot im ehemaligen Krankenhaus gefunden. Genaueres weiß ich bis jetzt noch nicht. Warte nicht auf mich. Es wird spät werden." Sie gab mir einen flüchtigen Kuss.

Damit fiel das gemeinsame Strandtheater wohl aus. Claus und ich waren auch nicht mehr in Theaterstimmung. Wir verschenkten die Karten an ein Paar vom Nachbartisch.

Der XO orderte zwei doppelte Sambuca für uns.

045

Als die ‚Pötenitz' auf der Priwallseite anlegte, stand schon ein Polizeiwagen mit blinkendem Blaulicht bereit. Mehrere Passanten blieben stehen und beobachteten neugierig die Szenerie. Da sich offensichtlich keine spektakuläre Aktion entwickelte, setzten sie ihren Weg enttäuscht fort. Wallison stieg in den Wagen und nickte dem Kollegen stumm zu. In ihrem Kopf überschlugen sich die Gedanken. Sie musste sich noch kurz gedulden. Bis zum ehemaligen Krankenhaus an der Mecklenburgischen Landstrasse war es nicht weit.

Der Einsatzort war großzügig abgesperrt. Vor den Absperrungen drängten sich die sensationslüsternen Menschen. Sie hasste das. Mehrere Beamte waren schon vor Ort. Sie nahm die Betroffenheit der Kollegen war, bevor sie mit ihnen sprechen konnte. Ein ihr bekannter Notfallarzt ging auf sie zu und schüttelte bedauernd den Kopf. „Hier werde ich nicht mehr gebraucht" empfing er sie. „Der Hauptkommissar ist schon seit Stunden tot. Offensichtlich durch stumpfe äußere Gewalteinwirkung. Confregerunt Larjngis, also sein Kehlkopf ist komplett zertrümmert" erläuterte der Arzt. „Ach ja, der Fundort ist nicht der Tatort. Es fehlen die üblichen Spuren. Die Gerichtsmedizin wird sicher genauere Aufschlüsse geben. Ich werde noch an anderer Stelle gebraucht." Damit verabschiedete er sich von Wallison.

Ihr junger Kollege Malte Scheel kam auf sie zu. „Hallo Stina. Ein jugendliches Liebespaar hat ihn vor einer knappen Stunde gefunden. Sie werden dort am Rettungswagen betreut. Die beiden sind total geschockt. Kein Wunder. Da willst Du ein bisschen poppen und findest ne Leiche." Stina Wallison ließ ihn seine flapsige Art durchgehen. „Was ist nur mit unseren Hauptkommissaren los ? Wenn Du den Job übernimmst, dann bekommst Du gratis eine Freifahrt in den Tod. So viel kann man mir gar nicht an Gehalt bezahlen, damit ich diesen Posten annehmen würde." Er schüttelte sich. „Ironischerweise wurde Volker Vanderstetten in dem gleichen Gebäudekomplex gefunden, wie in 2012 unser Kommissar Jonas Jensen. Die Gebäude gehören ein für allemal abgerissen." Inzwischen waren noch weitere Beamte vom Revier eingetroffen.

„Der Notarzt erwähnte, dass der Fundort nicht der Tatort ist" wandte sie sich an ihre Kollegen. „Ich weiß, dass alle in den letzten Tagen an und über ihre Grenzen gegangen sind. Dafür zolle ich jedem Einzelnen meinen Respekt, aber noch ist es hell und vielleicht finden wir noch eine Spur die uns weiterhilft. Auch wenn es schon spät ist und die meisten ihren verdienten Feierabend verbringen wollten, wir müssen an dieser Stelle möglichst jede noch so kleine Spur entdecken. Um nichts zu übersehen und ganz sicher zu gehen durchkämmen wir die kompletten Gebäude. Mindestens einen Spürhund möchte ich hier haben. Drei Leute befragen die komplette Nachbarschaft. Vielleicht hat jemand etwas Merkwürdiges beobachtet. Dr. Roche soll sich den Leichnam gründlich ansehen. Dieser Fall hat oberste Priorität für ihn und für uns." Stina Wallsion sah in die müden Gesichter ihrer Kollegen und wusste, dass sich alle zu 100 Prozent reinhängen würden.

Dennoch sehnten sich sämtliche Beamten des Wasserschutzpolizeireviers nach den natürlichen Routinearbeiten auf dem Wasser. Sie hatte sich diesen Abend ebenfalls ganz anders vorgestellt. Gutes Essen, guter Wein, anregendes Strandtheater und am Ende eine erotische Nacht zusammen mit York.

Sie wischte den Anflug von Enttäuschung beiseite.

Sa-15.August-2015

Der Samstagmorgen erstrahlte in warmen Sonnenschein. In Travemünde strömten bereits in der Frühe dutzende, überwiegend jüngere Menschen, zum Strand an der Promenade. Es sollten noch mehr werden. Das 9. Travemünder Beach Open Turnier fand an diesem Wochenende statt. Neben den Spielern erschienen jede Menge Fans, die ihre Teams anfeuern wollten. Ein buntes Spektakel.

Von den Ereignissen des letzten Abends hatten sie nichts mitbekommen und wenn, dann registrierten sie es natürlich nur. Wieso auch ? Niemand hatte irgendeine geartete Beziehung zu dem getöteten Hauptkommissar. Deshalb waren die Volleyballspieler bester Laune. Das Wetter und die Location stimmte. Was wollten sie mehr ?

Wallison und ihre Kollegen hatten bis spät in die Nacht gearbeitet. Die Mühe war dennoch umsonst. Es gab keine heiße Spur. Selbst eine warme Spur konnten sie nicht sicherstellen. „Es ist wie verhext. Wir drehen uns im Kreis" dachte sie und streckte ihre müden Glieder auf der Bettmatratze. „Sieben Uhr dreißig" stellte Stina stöhnend fest. Um halb drei lag sie erst im Bett und erst gegen fünf musste sie eingeschlafen sein. „Noch so eine Woche und ich bin Reif für eine Kur." Rasch stand sie auf und schmiss die Cappuccino Maschine an. Sie wählte eine extra starke Kapsel aus und genoss augenblicklich den würzigen Kaffeegeruch, der sich beim Durchpressen des Wassers in ihrer Nase ausbreitete.

Eine Dusche und eine weitere Kapsel später stand sie angezogen an der Haustür. Zorro und Merlin hatte sie bereits versorgt. Sie lagen jetzt am Fenster zur Trave und warteten auf die wärmenden Sonnenstrahlen, welche in einer Stunde die Fensterbank aufheizten. „So ein Katzenleben ist gar nicht mal so schlecht" beneidete sie die beiden Haustiger.

Vor dem Erreichen der Dienststelle wollte sie noch telefonieren. Den sogenannten kurzen Dienstweg gehen. In der Nacht kam Stina Wallison zu dem Schluss, dass sie bei einem noch jungen Richter, einen Gefallen einfordern wollte. Sie wusste, dass sie nicht viel in der Hand hielt, dennoch sprach ihre Intuition eine deutliche Sprache. York hatte sie immer wieder ermuntert, ihr Bauchgefühl mit in die Waagschale zu werfen. Ihre Intuition sagte ihr, dass der Schlüssel der ganzen Fälle im Bauch der ‚Ycnex' zu finden ist. Sie musste dazu unbedingt einen Durchsuchungsbeschluss erwirken.

Sie spielte noch einmal alle bekannten Parameter durch und legte sich eine kleine Strategie zurecht. Sie hoffte, das der Tod von PHK Vanderstetten ihre Position erleichterte, denn Tötungen im eigenen System setzten immer ungeahnte Ressourcen frei. Dem Rückhalt durch die Politik und ihren Vorgesetzten konnte sie als gegeben voraussetzen. Alle waren in höchstem Maße an einer Aufklärung interessiert.

Wallison nahm ihr Handy in die Hand um die eingespeicherte Nummer des Richters auszuwählen. Sie zögerte ein paar Sekunden. Gefallen hin oder her. Acht Uhr auf einem Samstag verbesserten ihre Chancen nicht wirklich. „Hoffentlich ist er kein Langschläfer oder Morgenmuffel" ging ihr durch den Kopf. „Egal!"

Im selben Moment ertönte ihr Klingelton.

047

Ohne Hast suchte Medwedew an Bord der ‚Ycnex' seine wenigen persönlichen Sachen zusammen. Zum Reisen benötigte er nicht sonderlich viel. Sein Geld hatte er unter verschiedenen Namen, Nationalitäten und in diversen Ländern gebunkert. Zugriff gab es von jedem Punkt der Erde aus, zumindest wenn sich ein Terminal in der Nähe befand. Auf einem hoch gesicherten virtuellen Server versteckte er eine Kopie der bisherigen Forschungsergebnisse. Unter dem deutschen Namen Michael Schmidt hatte er nachts noch eine Fährpassage mit der ‚Peter Pan' der TT-line nach Trelleborg gebucht. Von dort aus ging die Reise unter anderem Namen per Mietwagen nach Stockholm. Dieses Spielchen gedachte er insgesamt fünfmal zu wiederholen. Bis er sein endgültiges Ziel nahe Kapstadt erreichte, würden noch fünf Monate vergehen. Spätestens nach der dritten Etappe in zwei Tagen, würde es selbst den besten Schnüfflern unmöglich sein, irgendeine Spur zu ihm herzustellen. „Professor Michail Medwedew wird dann definitiv nicht mehr existieren. In Kapstadt angekommen wird mich nicht einmal meine Mutter wiedererkennen, wenn sie denn noch lebte, geschweige denn irgendjemand anderes" durchzuckte es seinen Kopf. Mit einer neuen und dennoch echten Legende betrieb er dann Fischaufzucht.

Gut gelaunt schnappte er sich seine gepackte Sporttasche. Um spätestens acht Uhr wollte er sich an Bord einfinden. Beim Auslaufen gegen halb zehn wollte er sich auf dem steuerbordseitigen Aussichtsdeck einfinden, um einen besonderen Spektakel beizuwohnen. Einen letzten Gruß an Travemünde und an die POK Wallison.

Die sorgfältige Organisation seines Fluchtplans hatte sein Zeitmanagement insoweit gestört, das er Dr. Li immer noch im Wagen mit sich führte. Da Medwedew oder Schmidt, wie er sich für die nächsten zwölf Stunden nannte, nicht die Absicht besaß, den Wagen mit nach Schweden zu nehmen, vernachlässigte er diesen Lapsus. Den Wagen plante er nun auf dem Skandinavienkai abzustellen. „Frühestens in ein oder zwei Tagen wird das jemanden auffallen und dann habe ich mich schon in Luft aufgelöst" ging er seinen Plan noch einmal durch. Mit der Fähre setzte er rüber auf die Stadtseite und befuhr den Baggersand, bog nach links in die Travemünder Landstrasse, vorbei an der Böbs-Werft und der Marina Baltica, bis vor das verschlossene Stahltor, wo nur die

Busse der Lübecker Verkehrsbetriebe und ganz wenige Autos einen Zugang mittels eines Transponder besaßen – und natürlich er. Schließlich war er ein Experte auf diesem Gebiet. Letzte Nacht verschaffte er sich hierfür die Zugangsdaten. Für ihn ein Kinderspiel. Schmidt fingerte den Transponder aus seiner Jacke.

Unbeachtet passierte er den unbenannten Zugang. Er hielt sich gleich links um den Wagen an den Tanks abzustellen und von dort zu Fuß zum Check-in zu gelangen. Eine leuchtende Warnweste, so wie sie die Mitarbeiter auf dem Gelände trugen, hatte er schon übergezogen. Die konnte er dann auf einer der Toiletten entsorgen. Geradewegs fuhr er nun langsam auf die Tanks zu.

Plötzlich splitterte die Windschutzscheibe seines Wagen. Er spürte einen dumpfen Schlag im Brustbereich. Unfähig einer Reaktion rollte der Wagen ohne sein Zutun weiter. Eine warme Nässe breitete sich unter seiner Weste aus. Schmidt oder jetzt doch wieder Medwedew konnte nur seine Augen bewegen. Aus dem Rückspiegel starrten sie ihn an. Es war keine Furcht in ihnen auszumachen. Sein Blick wanderte erstaunt durch die zersplitterte Fontscheibe und heftete sich an einen Punkt in rund 200m Entfernung. „Man sind die gut" stellte er anerkennend fest. Er registrierte, dass sein Auto weiter auf die Trave zufuhr und seine angedachte Parkposition längst hinter ihm lag. Ändern konnte er das nicht. Einen Moment später kippte der Wagen wie in Zeitlupe in die Trave und versank.

Ein silberner Hubschrauber vom Typ Eurocopter EC 155 B1 schwebte schon seit einiger Zeit über dem Priwall und entfernte sich, nach dem der Wagen in der Trave versunken war.

048

Die WaschPo bot alle Wasserfahrzeuge auf, die sie zur Verfügung bereithielten. Kurz nachdem ein Mitarbeiter der Lübecker Hafengesellschaft das Unglück meldete, startete die Maschinerie. Zum Glück wohnte Stina Wallison nur eine Gehminute vom Revier entfernt, sodass sie nur ihre Rettungsweste schnappen musste und ohne weitere Verzögerung mit an Bord der ‚Greif' stand. Die ‚Hans Ingwersen' von der DGzRS war bereits vor Ort. Taucher und ein Kranwagen befanden sich im Anmarsch. Dennoch verstrichen für ihr Gefühl wertvolle Minuten. Sie mussten davon ausgehen, dass der PKW noch besetzt war, als er in die Trave rollte. Ohne Tauchausrüstung und Licht war es hier unmöglich einzugreifen. An Bord der ‚Hans Ingwersen' gab es auch keine Taucher. Ein Gefühl der Ohnmacht machte sich in ihr breit.

Nach einer gefühlten Ewigkeit, es waren nur zehn Minuten nach der Alarmierung, trafen die Taucher der Feuerwehr und ein Kranwagen ein. Rasch wurde der Fahrer des Wagen abgeborgen und Gurte an dem Auto fixiert, damit er gehoben werden konnte. Die Feuerwehr legte zur Sicherheit eine Ölbarriere aus. Die Taucher signalisierten, dass der Fahrer offenbar alleine im Wagen saß und dieses Unglück nicht überlebt hatte. Wallison ließ sich an Land absetzen, um sich ein genaueres Bild zu machen.

Überraschenderweise befand sich schon der Rechtsmediziner Dr. Kevin Roche vor Ort. Die Leiche lag abgedeckt neben ihm. „Ha-hallo St-Stina" stam-melte er und hob entschuldigend die Schultern. „I-ich war sch-schon in Tra-Travemünde, als mich d-der Anruf er-eichte. Mein Ne-Neffe spielt sein er-erstes Vo-Volleyba-ball Turnier."

„Oh, ich wusste gar nicht, dass Du Verwandtschaft hier in der Gegend hast."

„Ne-nee. Der ko-kommt aus Ha-Hannover." Mit flüssiger

Stimme sprach Roche plötzlich weiter. „Stina, der Fahrer hat keinen Herzanfall oder ähnliches erlitten. Diesem Mann wurde in die Brust geschossen. Wahrscheinlich hat er sogar noch gelebt, als er in die Trave fuhr und ist dann ertrunken. Genau kann ich Dir das in zwei oder drei Stunden sagen. Laut seinen Papieren heißt er Michael Schmidt."

Bevor Wallison einen Blick auf den Toten werfen konnte rief man sie dringend zu dem geborgenen Wagen. Im Kofferraum lag noch eine Leiche. Die Leiche einer jungen Frau mit asiatischen Gesichtszügen. Sie erschrak. Sie erkannte in ihr die schöne Begleitung von Dildo. Cui. Ein dumpfes Wummern holte sie aus ihrer kurzen Erstarrung zurück. Die weiße Autofähre ‚Peter Pan' machte sich auf den Weg nach Schweden und passieret ihren Standort.

Mit raschen Schritten ging sie auf den am Boden liegenden Leichnam zu. Beherzt zog sie die Decke zurück. Professor Michail Medwedew starrte sie mit leblosen Augen an. Die ehemals vor Energie strotzende hellblauen Iris wirkten so stumpf wie eine von der Sonne milchig gewordenen Klarsichtscheibe. Das Puzzle begann sich zusammenzusetzen. „Wir entern jetzt die ‚Ycnex' am Rosenhof" entschied Stina Wallison spontan. Es ist Gefahr in Verzug. Einen Durchsuchungsbeschluss bekommen wir jetzt auf jeden Fall nachträglich. Hans, siehe zu, dass wir rasch Unterstützung vom Land aus bekommen. Mobilisiere alles was wir zur Verfügung haben. Fordere zusätzlich Kräfte aus Lübeck an. Ich habe so ein Gefühl, als dass uns die Zeit wegrennt. Sie wurde wieder von der ‚Greif' aufgenommen. Alle an Bord überprüften ihre Waffen und entledigten sich der Rettungswesten. Stattdessen gab Wallison die Anweisung, schusssichere Westen anzulegen.

Hans grinste sie an. „Mensch Stina, wir sind doch nicht im Krieg. Mache mal halblang."

Gerade wollte sie ihn scharf zurechtweisen, da gab es am Rosenhof eine gewaltige Explosion. Leichenblass starrte Hans auf die Feuerwalze, die sich in den morgendlichen

Himmel erhob. Die ‚Ycnex' löste sich gerade in ihre Moleküle auf.

Die ‚Peter Pan' befand sich zu diesem Zeitpunkt bereits mit dem Heck auf Höhe der Aral Bunkerstation. „Perfektes timing" wäre vielleicht die Anmerkung des Professor Michail Mewedew gewesen, wenn er wie geplant auf dem steuerbordseitigen Aussichtsdeck gestanden hätte, aber der Professor existierte nicht mehr. Sein letzter Gruß war somit zugleich ein Abgesang auf einen Teufel.

Innerhalb von Sekunden änderte sich das friedliche Hafenidyll in ein perfektes Chaos. Noch Stunden später war der Hafen zu Wasser und zu Land weiträumig gesperrt. Die gesamte Schifffahrt kam notgedrungen zum erliegen. Die Versorgung der Verletzten gestaltete sich als äußerst schwierig. Obwohl die Einsatzkräfte der Polizei, Feuerwehr, THW und diverse Organisationen Ärzte und Sanitäter zur Verfügung stellten, dauerte es bis in den Nachmittag hinein, bis alle Verletzten adäquat versorgt wurden. Für einen derartigen Fall war das kleine Seebad nicht gerüstet und komplett überfordert. Zum Glück gab es keine weiteren Toten. Mit ein wenig Fantasie konnte sich heute jeder ausmalen, wie chaotisch erst die Verhältnisse nach schweren Erd- oder Seebeben sein mussten.

Wie bei jedem Unglück gab es auch hier Gewinner: Die Medien konnten ihr Sommerloch füllen und die Glaser bekamen unverhofft Aufträge.

So-16.August-2015

Morgens um sieben Uhr betrug die Außentemperatur schon 21°C. Auf dem WaschPO Revier herrschte ungewöhnliche Ruhe. Nur PM Malte Scheel und POK Stina Wallison hielten die Stellung. Die Kollegen sollten erst um zehn Uhr erscheinen. Sie gingen alle auf dem Zahnfleisch. Großartiges passieren durfte nicht. Malte, als jüngster, erklärte sich bereit den Frühdienst zu übernehmen sowie ebenfalls auch freiwillig Stina. Sie ging ab Montag in den Urlaub. „Dann beiße ich noch mal die Zähne zusammen. Erholung gibt es für mich ab Montag. Mein Handy schalte ich dann definitiv ab" stellte sie klar.

Die Aufräumarbeiten hatten bis spät in die Nacht angedauert und die Sperrung der Trave wurde erst um zwei Uhr morgens aufgehoben. Entsprechend stauten sich die Großschiffe in der Lübecker Bucht. Ungewöhnlich viele Yachten ankerten an der vor gelagerten Küste. Ihr Rückweg war durch die Sperrung abgeschnitten und die Liegeplätze im Passathafen und am Leuchtenfeld waren schnell überfüllt. Das Glück im Unglück bestand darin, dass es in der sternenklaren Nacht kaum Wind gab. Somit verbrachten die Ankerlieger eine ruhige, warme Nacht ohne Wellengang. Diejenigen, welche die Gelegenheit nutzten und die Sterne beobachteten, belohnte der Nachthimmel mit reichlichen Sternschnuppen.

Malte kam mit zwei dampfenden Kaffeebechern an Stinas Schreibtisch. Dankbar nahm Stina einen Kaffee entgegen. „Die Motoryacht ist praktisch pulverisiert. Es gibt keine verwertbaren Gegenstände oder Unterlagen. Laut der Spurensicherung ist hier ein neuartiger militärischer Sprengstoff verwendet worden, den die Amerikaner aus dem Plastiksprengstoff C4 weiterentwickelt haben sollen. Der soll eine Detonationsgeschwindigkeit von 9.000m/sec besitzen. Das sind über 30.000 km/h ! Kein Wunder, dass da nichts übrig bleibt. An so etwas kommt man nur direkt im Pentagon.

Das trägt die höchste Geheimhaltungsstufe und explodiert mal eben so bei uns fernab aller Kriegsschauplätze. Vollkommen Irre!" regte sich Malte auf. „Die Amis streiten sogar die Existenz eines solchen Sprengstoffes ab. Hier ist die email vom US-Verteidigungsministerium. Sie ist gerade reingekommen und sehr knapp gehalten." Malte las es vor. „...we are sorry, but we dont know anything about these kind of explosives... Best regards..." Malte verzog sein Gesicht. „Das können die sich doch in den A.... schieben" kochte er.

„Wir können von Glück sagen, das wir nur Verletzte haben. Es hätte durchaus schlimmer kommen können. Beide Autofähren standen auf der Travemünder Seite auf standby, um die ‚Peter Pan' passieren zu lassen. Die fünf Schwerverletzten warteten auf der Priwallseite auf die Fähre und wurden von herumfliegenden Splittern getroffen. Ab mittags herrscht da wesentlich mehr Betrieb. Bis auf einen Mann sind sie alle außer Lebensgefahr, aber allesamt werden wohl zeitlebens taub bleiben. Der Mann hat einen Metallsplitter im Kopf. Weitere 128 Personen haben zum Teil schwere Schalltraumen erlitten. Wie viele davon einer chronischen Taubheit ausgesetzt sind ist noch nicht bekannt. Sämtliche Fensterscheiben im Umkreis vom 150m sind zerstört und einige umliegende Yachten sind in Mitleidenschaft gezogen" zog Stina Wallison eine vorläufige Bilanz.

Malte Scheel ergriff wieder das Wort. „Der Russe Medwedew führte insgesamt sechs verschieden Pässe mit sich. Das haarsträubende ist, die sind bis auf das Foto tatsächlich alle echt. Krass! Auf der TT-Line war er als Michael Schmidt, deutscher Handelsvertreter für medizinischen Bedarf, eingebucht. Was ist das bloß für eine gigantische Scheiße!" Malte fuhr sich mit der rechten Hand durch sein Haar.

„Mit viel Geld und ausgezeichneten Beziehungen geht einiges" ergänzte Stina. „Wenn ich da unsere bescheiden Mittel sehe, dann hinken wir immer ein, zwei Schritte hinterher. Mit Roche aus der Rechtsmedizin habe ich schon telefoniert. Der Professor wurde mit dem gleichen Gewehr beschossen, wie mit dem des Casablancaschützen. Ein Schuss in die

Brust. Die Kugel hat ihn nicht gleich getötet, wohl aber gelähmt. Er hat demnach noch gelebt, als er ins Wasser rollte. Roche hat Travewasser in seinen Lungen gefunden. Merkwürdig ist jedoch der Schusswinkel. Dr. Roche hat ausgerechnet, dass der Schuss aus 50-60m Höhe abgefeuert wurde. Das ist unmöglich. Da gibt es nichts, was annähernd in Frage käme." Nachdenklich betrachtete sie ihren Kaffeebecher. „Ich lasse gerade überprüfen, ob zu dem Zeitpunkt gerade eine große Fähre diese Stelle passiert hat. Dies würde voraussetzten, dass der Schütze den Professor genau zu diesem Zeitpunkt dorthin bestellt hat, was eher unwahrscheinlich ist, da dieser selbst eine Passage gebucht hatte. Andererseits ist es ebenso unwahrscheinlich, dass der Schütze wahllos seine Opfer sucht. So eine Art durchgeknallter Ex-Elitesoldat. Da müsst ihr die nächsten Tage unbedingt nachfassen, Malte.

„Okay, notiert" nickte er. Diesmal haben wir die Leiche wenigstens. Nicht wie 2011 bei dem Untoten Fanfarone. Was für eine Rolle spielt eigentlich die Frau in diesem Puzzle?"

„Dr. Li Cui ? Offensichtlich war sie ausgebildete Neurologin, Physikerin und eine Expertin in der IT Welt. Ganz nebenbei sprach sie noch perfekt diverse Sprachen. Der Begriff Genie dürfte auf sie zugetroffen haben." Nebenbei ging ihr durch den Kopf, das ausgerechnet Dildo eine Beziehung mit ihr führte, was aber für den Fall nicht weiter relevant erschien.

„Gutes Aussehen inklusive. Die hätte ich nicht von der Bettkante gestoßen" stimmte Malte zu. „Tschuldigung" quetschte er schnell hervor, nachdem er Stinas Blick sah.

„Sie wurde mittels einer Spritze getötet. Ich nehme einmal an durch Medwedew. Roche hat einen Einstich an der Halsschlagader entdeckt. Im Blut hat er Thiopental gefunden. Das wird in mehreren Ländern bei der Hinrichtung eingesetzt. Es ist ein relativ schnell wirkendes Gift, aber die ersten Momente erlebst du noch bei klarem Bewusstsein. Die Dosierung war ziemlich hoch und führte laut Roche innerhalb kurzer Zeit zum Atemstillstand. Der Inder Dr. Krishan Sharma wurde gestern Nachmittag in einem Hamburger Airport WC mit einem Kopfschuss tot aufgefunden und vier erschossene Russen in einem Hafencontainer in Kiel. In beiden Fällen die gleiche Waffe. Da hat jemand richtig aufgeräumt und wir stehen mit nichts da, außer mit vielen Verletzten, Sachschäden und ausgepowerten Kollegen" endete Wallison mit bitterer Stimme.

Es klingelte am Reviereingang. Malte kam zusammen mit dem Innensenator, dem Oberstaatsanwalt und einem Pressefotografen in ihr Büro. Der Senator überreichte Wallison einen Blumenstrauß. „Der ist stellvertretend für alle ihre Kollegen. Gute Arbeit Frau Wallison" sagte er schmeichelnd. Der Staatsanwalt nickte feierlich dazu. „Vielleicht machen wir ein gemeinsames Bild?"

Stina Wallison Augen verdunkelten sich. „Darauf verzichte ich gerne. Gut ist die kleine Schwester von Scheiße!" blaffte sie die beiden an. „Keine Rückendeckung haben sie uns gegeben. Wir haben keine verwertbaren Spuren rund um das schmutzige Projekt Medwedews sowie über seine Hintermänner. Da müssen mächtige Kräfte am Werk sein, die vor allem eine schützende Hand über gewisse Personen halten lassen. Ein regelrechter Komplott. Mit Speck fängt man eben Mäuse. Ein Skandal. Widerlich!" Wallison unterstellte deutlich, dass irgendwer Bestechungsgelder annahm. Nur Namen konnte sie nicht nennen. Dafür fehlten ihr schlichtweg Beweise. „Die Strippenzieher werden deshalb auch nicht aufgeben und ihr Ziel an anderer Stelle weiter verfolgen. So etwas macht mich krank! Es geht immer nur um Erhaltung und Ausbau von Macht..."

Malte gluckste, als die Herren ohne Foto Reißaus nahmen.

Abends saß ich mit Stina, dem XO und Jürgen im Cockpit auf der ‚Blue Marlin' zusammen. Dildo wollte diesen Abend für sich allein verbringen, aber morgen mit uns für zwei Wochen in See stechen. Während Jürgen seine neue Cocktailkreation für uns mixte, beobachteten wir Schwalben, die mit ordentlich Speed im offenen Bullauge am Bug der ‚Marittima' verschwanden. Offenbar hatten sie dort ein Nest eingerichtet. Wir fragten uns, wie sie es hielten, wenn das Schiff unterwegs war. Begleiteten sie das Schiff oder warteten sie geduldig 45 Minuten auf die Rückkehr?

„Voilà – der ‚Blue Marlin' Cocktail. Original nach Skippers Rezept." Jürgen stellte strahlend die Cocktails in der herrlich blauen Farbe vor uns ab. „Zum Wohl und immer eine handbreit Wasser unter dem Kiel!"

„Die sehen toll aus! Auf die Vernunft" ergänzte Stina.

„Vernünftig ist wie tot – nur eben vorher" neckte ich sie.

„Ich zweifle so langsam, ob Du später das Ticket für den Himmel bekommst?" lachte Stina.
„Dann komme ich eben in die Hölle" antwortete ich achselzuckend. „Da ist mehr los. Im Himmel kenne ich sowieso kaum jemanden!"

„Nicht lange schnack.., egal. Ich habe Durst. Prost!" Claus grinste. Wir stießen zu den Klängen von *La Paloma'* an.

„Langweilig wird es nie im beschaulichen Travemünde" sinnierte Jürgen. „Da sitzen wir keine zwei Kabellängen von Sodom und Gomorra entfernt und ahnen nichts. Verrückte Welt. Mit einem Sundowner in der Hand gefällt es mir heute Abend zunehmend besser. So halte ich es hier bestimmt 1.000 Jahre aus und um Schiffe mit dem Namen ‚Ycnex" werde ich in Zukunft einen riesigen Bogen ma..."

Vom Ufer aus näherten sich Saxophonklänge. Rübe, der

amtlich Wolfgang Rüggeberg heißt, schritt langsam über die Überseebrücke 1 auf uns zu und entlockte dem Instrument Töne, die die Seele berührten.

Was für ein Abend!

051

Irgendwo in Washington D.C., vormittags Ortszeit, inmitten einer selbst für amerikanische Verhältnisse riesigen Ranch, saßen sieben honorige Herren in schweren, lederbezogenen Clubsesseln. Allesamt waren sie sehr teuer und elegant gekleidet. Der Butler hatte gerade die georderten Drinks serviert und verriegelte im Anschluss die schalldichte Tür von außen. Jetzt waren sie unter sich. Keine Sekretäre, keine Bodyguards und vor allem keine Frauen.

Der Älteste und zugleich auch Reichste unter ihnen, wobei der Ärmste immer noch auf ein privates Vermögen von über 19 Milliarden Dollar verfügte, ergriff das Wort. „Vor einer Stunde hat man mich informiert, dass unser Projekt in Europa bedauerlicherweise nicht zum gewünschten Abschluss gebracht werden konnte, obwohl die Arbeiten sehr weit fortgeschritten waren. Das Humankapital bereitet keine Sorgen mehr. Es wurde, ähem..." er räusperte sich zweimal „...entsprechend neutralisiert. Die Medien schenken dieser Sache ebenfalls keine große Aufmerksamkeit. Wir haben gestreut, dass die Drogenmafia sich einiger Mitwisser entledigt hat. Sie wissen ja, wie so etwas läuft. Allerdings konnten die letzten Forschungsergebnisse nicht mehr rechtzeitig gesichert werden." Er machte eine kurze Pause und sah sich kurz in der Runde um. Keiner der Anwesenden zeigte eine erkennbare Reaktion.

„Dagegen gibt es aus Australien, wie auch aus Südamerika

gute Nachrichten. Beide Teams sind mit ihren Forschungen erfreulich weit fortgeschritten und die bekannten Ergebnisse aus Europa beschleunigen die Entwicklung, sodass wir davon ausgehen können, das sich unser Zeitplan nur um knapp zwei Jahre verzögert. Um die Sache noch schneller voranzutreiben, schlage ich vor, dass jeder von uns, bis zum zwanzigsten diesen Monats, 100 Millionen Dollar auf das ihnen bekannte Bankkonto avisiert. Sehen wir es als eine sinnvolle Investition in die Zukunft unserer Familien. Gibt es irgendwelche Einwände?"

Wenngleich er sich sicher war, dass alle zustimmen würden, blickte er noch einmal prüfend in die Runde. Keine Einwände. Er erhob das Glas. „Auf unsere Familien – Cheers!"

„Cheers" ertönte es noch sechsmal.

Die schalldichte Tür öffnete sich wieder geräuschlos. Zehn gut ausgebildete Servicekräfte deckten eine fünf Meter lange Buffetanrichte üppig ein. Die Speisen waren durchweg erlesen und von einem Drei- Sterne- Koch zubereitet. Der komplette Aufbau dauerte keine zwei Minuten. Ohne, dass ein Wort gewechselt wurde, verschwanden die dienstbaren Geister wieder. Der Butler verriegelte hinter ihnen die Tür. Mit einem Schlüssel öffnete er eine Schublade in der Anrichte und entnahm eine silberne Schatulle in der Größe einer mittleren Suppenschüssel. Er stellte sie auf den separaten Tisch neben der Anrichte und öffnete den Deckel. Der dunkle Holztisch besaß einen Spiegel als Oberfläche. Darauf stand noch ein Gefäß mit dutzenden Röhrchen aus Silber. Sie ähnelten kurzen Strohhalmen.

Abschließend öffnete der Butler eine andere Tür und geleitete 14 außergewöhnlich elegante Frauen herein. Allesamt waren sie auf den berühmtesten Laufstegen und in den angesagten Modezeitschriften dieser Welt zuhause.

Nur zum Champagner nachschenken waren sie nicht engagiert...

052

Mo-17.August-2015

Erst gegen neun Uhr schlug ich an Bord der ‚o.li' die Augen auf. Neben mir lag Stina. Sie schlief noch. Bis Mitternacht weilten wir an Bord der ‚Blue Marlin'. Jürgen mixte noch diverse BM Cocktails mit leicht veränderter Rezeptur. Rübe spielte sich in einen Rausch und verwöhnte unsere Ohren vom Feinsten.

Wir verabschiedeten uns fröhlich voneinander und wünschten uns gegenseitig die richtigen Winde. Es war ein sensationeller Abend. Stockholm stand auf Jürgens Segelziel und unser erstes Etappenziel lautete Kühlungsborn.

Ich schaltete unsere neue De Longhi Maschine ein und bereitete mir einen Cappuccino. Dildo hatte ich an Deck ausgemacht. Mit einem zweiten Cappu setzte ich mich neben ihn.

„York, so eine Seelenverwandtschaft habe ich noch nie erfahren. Wieso hat sie sich nicht von mir helfen lassen ? Sie muss geahnt haben, dass sie stirbt." Dildo sah mich verzweifelt an. „Ich war noch nie so traurig. Wie werde ich sie vergessen können ?"

Ich legte meinen Arm auf seine Schulter. „Sie wollte wenigstens Dich schützen, mein Freund. Ihr war klar, dass für sie eine Rettung unmöglich war. Vergessen ist der falsche Weg. Behalte sie für immer in Deinem Herzen, so wie Du sie schätzen und lieben gelernt hast. Jemanden vergessen zu wollen, den man liebt, ist wie der Versuch, sich an jemanden zu erinnern, den man nie traf."

„Ich weiß, York. Herzrasen kann man nicht mähen. Aber wenn ‚das' wahre Liebe ist, dann…" Dildo ließ den Satz unvollendet an Deck stehen. Er drückte meine Hand. „Danke. Rückwärts gelesen heißt Leben übrigens Nebel.

Kein Wunder, dass mir manchmal der Durchblick fehlt."

Ich duschte rasch und stellte Stina und dem XO, jeweils einen duftenden Latte macciato an die Koje. Das Kaffeearoma kitzelte sichtbar in ihren Nasen. Danach setzte ich mit der ‚Mary' rüber und nutzte die Zeit bis zu Nonomes Eintreffen, um Fisch bei Wöbke und Brot beim Stadtbäcker zu kaufen. Pünktlich um zehn Uhr stand Nonome, Stinas elfjährige Tochter Mareike, mit einem kleinen Seesack am Marysteg und strahlte. Erst am 31.August war Schulbeginn. Wir hatten zwei Wochen gemeinsame Segelzeit vor uns.

Stina und Claus hatten die ‚o.li' schon soweit aufgeklart, dass wir gleich in See stechen konnten. Ein warmer Südwind blies mit knapp fünf Beaufort. „Wenn uns der Wind hold bleibt, dann machen wir um 16:00h in KüBo fest" freute sich Claus. „Der erste Aperol im Vielmeer geht auf meinen Deckel" kündigte er fröhlich an. Kurz vor elf Uhr passierten wir die Nordermole unter vollen Segeln. Nonome juchzte.

Nachdem die Segel optimal getrimmt waren, schoss der XO die Leinen auf. Parallel zu uns segelte die *El Haudi*, eine finnische Sirena 44.

„Gibt es hier auch etwas zu Essen an Bord ?" vernahm ich Dildo und freute mich, dass er wieder Appetit entwickelte. Der Rest der Crew blickte mich ebenfalls fragend an. Unser Frühstück hatten wir ausfallen lassen und mittlerweile ging es bald auf 13:00h zu. Ich machte ein zerknirschtes Gesicht. „Autsch. Da war doch noch was.., okay, wir können uns zum Beispiel etwas Angeln" schlug ich vor und bemerkte ihre entsetzten Gesichter „oder - wir plündern ganz einfach die Wöbketüte aus dem unteren Kühlfach mit Algensalat, Flusskrebsen, Orangenlachs, Bückling usw. Ihr wisst schon, das ganze leckere Programm !"

Der Hunger war trefflich gestillt, der Wind war uns geneigt und wir machten richtig Meilen, ganz entspannt. Raumschots mit Wegerecht auf KüBo zu. Nonome spielte unter Deck mit Dildo Karten und munterte ihn etwas auf. Claus lag eingecremt an Deck und relaxte. Stina kuschelte sich in der Plicht auf der Steuerbordseite vor mich heran. Sie genoss die Sonnenstrahlen auf ihrem Gesicht und die friedliche Stimmung. Ich schnupperte an ihrem Hals und biss sie zärtlich in den Nacken. Stina stöhnte wohlig auf. „Bitte mehr" hauchte sie mir mit geschlossenen Augen zu. Ich gestattete mir schon einmal das Kopfkino anzuwerfen.

Regelmäßig überprüfte ich mit einem entspannten Blick den Autopilotkurs, die Position auf dem Kartenplotter und den vor uns liegenden Seeweg. Aus der Boseanlage erklang dazu ‚By Chance' von Ohm-G & Bussian.

Soulsailing und Valium für die Seele !